OXYGÈNE

Titre original :
Ossigeno
Éditeur original :

ISBN 978-2-330-17199-5

SACHA NASPINI

Oxygène

roman traduit de l'italien
par Jean-Luc Defromont

ACTES SUD

Un enfant n'est jamais tout son père.
Ça aussi, c'est un pas en avant.

DANIELE BOCCARDI

— Shérif Steward, c'est John…
— Je t'écoute, John.
— On est à la Valley Elementary School.
— Encore des tags obscènes ?
— Non. Un petit garçon qui aurait disparu, d'après les enseignants et le directeur de l'école.
— Disparu ?
— Pendant la récréation. À la reprise, sa place était vide.
— …
— Shérif ?
— Oui, je réfléchis. J'envoie Torczon et McClain patrouiller dans le coin. Si l'enfant est sorti, il ne peut pas être loin. Les parents ont été prévenus ?
— George vient de demander au directeur de les appeler.
— Bien. Il est sans doute là-bas.
— On continue à chercher ici.
— C'est sûrement un coup de tête.
— Je ne sais pas, George a l'air inquiet.
— …
— Shérif ?
— J'avertis Chris. Vous, continuez à chercher. J'arrive.

LE PHASME

Ils sont venus le chercher à huit heures du soir.

On s'était un peu disputés à cause du type du dessus, qui était encore descendu pour se plaindre de la musique trop forte. Maintenant, on mangeait sans un mot, avec le journal télévisé à fond. Le même duel que d'habitude pour établir qui céderait le premier en adressant la parole à l'autre. C'était toujours moi qui gagnais. Mon père n'était pas fait pour ce genre de combats ; au bout d'un moment, il sortait n'importe quelle bêtise, il ouvrait la bouche comme pour reprendre un sujet laissé en suspens : "… et il faut qu'on pense à acheter l'ampoule pour le balcon." Ce genre de phrases, et lui qui recommençait à me regarder dans les yeux comme un chien battu. Les rares fois où la bataille se prolongeait, il venait frapper à la porte de ma chambre sous un prétexte quelconque. Il l'ouvrait et je le voyais là, dans son peignoir historique. Il n'arrivait vraiment pas à se mettre au lit sans m'avoir souhaité bonne nuit.

On avait le nez dans nos assiettes. Moi, je m'en rendais compte : il me lançait des regards par en dessous. Tout à coup, il a dit la plus banale des phrases, qui m'a fait remporter mon énième victoire :

— Tu pourrais me passer le sel, s'il te plaît ?

C'est à ce moment-là qu'ils ont sonné.

Je suis allé ouvrir comme une furie. Les vieux de l'immeuble auraient affaire à moi. Je me suis retrouvé face à un homme avec une veste en cuir et une coupe de cheveux d'employé de bureau. Dans son dos, un groupe de carabiniers. De fait, c'est ce que le type m'a annoncé en me montrant un papier et en bredouillant quelque chose au sujet d'un mandat.

— Pardon ? j'ai fait, sur le point de lui rire au nez.

Les autres sont entrés en me bousculant. Je me suis retrouvé plaqué contre le mur. En un instant, ils se sont dispersés dans toutes les pièces. Ils avaient même sorti leurs pistolets.

Mon père a disparu et c'est tout. L'instant d'avant, il coupait une omelette aux oignons, celui d'après, il n'était plus là. À sa place, une bande de militaires qui ouvraient les tiroirs, retournaient les matelas, enlevaient les cadres des tableaux et des photos de famille.

C'était le 6 octobre 2013. Comme chacun sait, le professeur Carlo Maria Balestri a été accusé d'enlèvement, de torture, de meurtre et de recel de cadavres. J'avais vingt-sept ans, lui cinquante-neuf. Et je restais seul au monde.

Enfant, je voulais être pilote d'avion. Souvent, mon père rentrait de cours avec des paquets à déballer : des maquettes. Encore aujourd'hui, des modèles de choix sont exposés sur les étagères de ma chambre. Il y a un Corsair F4U-7, par exemple. Un biplan Roland, le Transall Gabriel. Et même un Concorde. Mais le clou, c'est le Dreidecker du Baron Rouge. On se mettait là, le soir. On détachait les éléments en plastique des supports. Le regard de mon père s'illuminait quand il me voyait concentré sur ces pièces millimétriques. On avait des pinceaux à un seul poil, capables d'arriver n'importe où. Et des pointes de tous les types, des brosses, des colles, des couleurs, des limes, des dissolvants... Il était fou de détails. Il ne faisait rien : il regardait. À la lumière de la lampe, ses yeux étaient des météores bleu glacier sur mes mouvements inexpérimentés et hâtifs : je voulais voir le résultat. J'avais le plus grand mal à appliquer les autocollants, tout à coup mes mains devenaient imprécises. Après avoir fermé le cockpit, je passais aux finitions. "Ah, quel dommage", murmurait-il d'un ton égal : le relief de la carlingue était foutu, trahi par l'inclinaison ratée de l'autocollant.

Il séquestrait les fillettes dans un conteneur.

L'été, on louait une maison à Capo Sant'Andrea. Deux semaines de mer et de promenades du soir. Dès qu'on mettait le pied sur l'île, ma mère se détendait, elle ouvrait en grand la porte-fenêtre du balcon et passait la première demi-heure là, à fumer, les yeux perdus sur la ligne d'horizon. Les vagues se brisaient en dessous, tout près, contre les rochers de ce paysage lunaire.

C'était chouette de revoir les amis du coin. Au début, il y avait toujours une gêne, comme s'il nous fallait refaire connaissance. Surtout avec Angela. Chaque fois, je la trouvais changée, mais en août 1998, la transformation avait été totale : les formes, les manières, le regard. On avait douze ans, et tout à coup diverses questions qui nous angoissaient entraient en ligne de compte. L'après-midi, je laissais mes parents sous leur parasol et je m'échappais vers cette crique peu fréquentée des touristes. Marco était devenu mon rival. Jusqu'à l'année précédente, on avait joué ensemble comme de vrais amis de toujours, et voilà qu'il m'attaquait de front. Il ne loupait pas une occasion de répéter qu'ils lui cassaient les pieds, ces tarés qui débarquaient du continent vers la mi-août avec leurs voitures bourrées à craquer, apportant même leur papier toilette dans ce paradis : d'après lui ils étaient juste bons à engorger les égouts. Le soir de mon premier baiser j'ai retrouvé mon vélo cassé.

Alors que je plongeais du rocher le plus haut pour impressionner l'objet de mon amourette estivale, une autre petite fille se trouvait dans l'obscurité d'un conteneur. Avec la chaleur, il devait se transformer en four. Une chaîne autour du cou. Le lit soudé au sol, la puanteur des besoins. Mon père l'avait sans doute équipée du nécessaire pour qu'elle tienne jusqu'à la fin de nos vacances ; allez savoir comment il vivait ce pari avec lui-même. Cette captivité durait depuis mars 1993, quand Amanda avait disparu. Elle avait six ans, le même âge que moi. Lors de la perquisition de 2013, on a retrouvé une mèche de ses cheveux entre les pages d'un livre.

Angela et moi, on s'écrivait. Si nos lettres avaient une cadence hebdomadaire en septembre, elles se raréfiaient au fil des mois jusqu'au néant de juin, de juillet. À partir d'août, ça repartait pour un tour.

On se racontait les bêtises des adolescents, on se faisait souvent des clins d'œil en bas de page avec une mièvrerie ou une autre. Il arrivait que le matin, je rouvre l'enveloppe et recopie la lettre au propre pour éviter de me compromettre plus qu'il ne fallait. Parfois, je le regrettais après l'avoir postée.

En février 1999, j'ai changé de ton. Les virées avec ma bande de copains n'étaient plus la toile de fond de mes récits, ni les cours dont les profs m'avaient pris pour cible. Tout à coup, ma vie se trouvait dominée par un thème qui bouleversait les priorités d'un garçon de douze ans : maman était tombée malade. À la maison, l'éclairage avait changé sur tout.

Je n'en parlais qu'à elle. Angela m'envoyait des pages denses, auxquelles je m'agrippais de toutes mes forces. Ce qui me plaisait le plus, c'était ça : il n'y avait aucun encouragement. Je lui avais demandé de ne rien dire à ses parents ; on n'avait pas besoin de coups de fil, et je ne voulais pas non plus risquer que notre correspondance soit empoisonnée par l'encre de sa mère, de son père. On était quoi qu'il en soit nous-mêmes, ceux de toujours. Sauf que maintenant, j'avançais dans le monde avec une flèche plantée dans le flanc. Elle me brûlait mortellement. Je parlais de soins, de supplices et de consultations qui engloutissaient le salaire de mon père en l'espace d'une heure. Angela manifestait sa présence par ses feuilles de papier, sans entrer dans le vif du sujet. Elle me parlait de chanteurs, de films qu'elle avait adorés, de livres et de bandes dessinées que je devais absolument lire parce qu'ils avaient changé sa vie. Parfois, elle glissait dans l'enveloppe des photos d'elle ou d'un panorama, avec une dédicace derrière.

J'exécutais ses ordres à la lettre. J'achetais des disques et des tomes de trois cents pages bourrés de dragons. J'allais seul au cinéma. Ou bien je me plaçais devant la fenêtre, d'où j'avais une vue imprenable sur le golfe. De mon sixième étage, il y avait des soirs où Elbe semblait à portée de main, et la Corse derrière, comme son ombre. Angela était là, sur le versant caché. Je la voyais quand même, emprisonnée sur ce lambeau de terre, semblable à une princesse enfermée dans sa tour, qu'il fallait sauver. Peut-être qu'elle était en train de m'écrire à ce moment précis. Des quintes de toux à faire trembler les murs arrivaient de la chambre de mes parents. Alors j'empoignais mon stylo moi aussi.

Une nuit en avril, on m'a réveillé. "D'accord, je suis prêt", ai-je pensé, même si ce n'était pas du tout vrai. C'était maman, qui tenait encore debout. Elle m'a dit qu'elle venait d'appeler l'ambulance.

Mon père a été hospitalisé d'urgence. Une péritonite à terrasser un éléphant, sans signes avant-coureurs et assez inexplicable vu son régime monacal sans sel composé de soupes, de bouillons, de viandes blanches sur lesquelles il s'octroyait le luxe d'un filet d'huile, mais pas toujours. Le vin était une concession qui servait tout au plus à cuisiner. Le seul excès qu'il s'accordait, une fois par mois, c'était un gâteau : il ne pouvait pas résister aux *cannoli** du Sicilien de la via La Marmora. Après la première bouchée, il répétait cette phrase : "Entre le dernier et celui-ci, je n'ai fait que vivre."

Mine de rien, il a failli y rester. C'était un cas atypique : après être passé sur le billard, il a fait un coma de quarante-huit heures. Puis ils l'ont réanimé et gardé une dizaine de jours pour la convalescence, les examens, la remise en forme. Moi, j'étais aux

* Rouleaux de pâte frits et farcis de crème de ricotta sucrée. *(Toutes les notes sont du traducteur.)*

côtés de maman, qui avait déjà ses problèmes. Tout à coup, elle était anéantie par cette éventualité : que je reste seul au monde. Si c'était arrivé à ce moment-là, ç'aurait été mieux pour nous tous. Elle se pendait au téléphone dans l'espace fumeur du service, le carnet de son mari à la main. L'interruption des activités de ce dernier avait des conséquences : des classes entières étaient démobilisées, des cours repoussés, le report d'un colloque chamboulait des dizaines d'agendas. Je la regardais s'activer, cette femme qui n'avait plus que la peau sur les os ; le remaniement du calendrier du professeur Balestri l'éclairait presque d'une nouvelle lumière, c'était comme une cure.

Mais plus encore, je touchais du doigt l'intégrité de mon père, sa force. Il était présent sur tous les fronts, sans céder d'un pouce : la maladie de sa femme, les visites exténuantes, l'université, les articles à rendre. Moi. Maintenant qu'il avait dû s'arrêter, les répercussions étaient flagrantes. C'est pendant ces jours-là que j'ai commencé à le voir comme une sorte de héros. Moins parce que c'était un anthropologue renommé qu'en raison de la lucidité avec laquelle il tenait tête aux choses. Il focalisait ses pensées sur un point et agissait sans déperdition d'énergie, avec la précision d'un laser. Il tenait l'émotivité sous contrôle. Dans l'imaginaire des autres enfants de mon âge, être le fils d'un savant, c'était le comble de l'ennui : mieux valaient ces pères capables de changer le carburateur et le pot d'échappement d'un scooter pour le lancer à cent à l'heure. Mais le mien connaissait les mouvements des peuples. Il prenait n'importe quelle babiole et vous racontait l'histoire de l'homme. La forme d'un verre lui suffisait. La façade d'un immeuble. Je le regardais dans son lit d'hôpital, posé et très gentil avec les médecins et les infirmières. Il avait à cœur d'être présentable. Au terme de cette hospitalisation inattendue, qui sait ce qu'il a découvert dans sa pièce en fer.

Quand ils ont inhumé maman, une partie de moi l'a suivie là-dessous. J'ai senti une main m'arracher quelque chose à l'intérieur. Mes jambes ont cédé, tout à coup je me suis retrouvé assis sur le gravier du cimetière. Mais je n'ai pas pleuré. Tous ces yeux posés sur moi m'ont dégoûté, j'ai eu l'impression d'être nu sous les regards. Je me suis enfui en courant sans attendre la fin de la cérémonie. Après avoir salué les rares parents et les amis les plus proches, mon père m'a trouvé dans la voiture avec la musique allumée.

Une autre vie a débuté. Maintenant, c'était Sumira, la Roumaine engagée à plein temps, qui me réveillait. Elle chantait sans répit, toujours joyeuse. D'emblée, je l'ai trouvée antipathique : la mort de ma mère était une aubaine pour elle. Puis je me suis fait une raison et j'ai commencé à me sentir en confiance. Quand elle ne fredonnait pas de ritournelles ineptes, elle parlait de son fils, dont le nom me semblait terrible : Vasile. À l'entendre, il était bourré de talent. C'était le meilleur en tout, du piano au saut en hauteur. Ça a fini par m'amuser d'être constamment comparé à lui. "Vasile grand deux mètres", disait Sumira. Elle disait : "Vasile premier classe de gégraphie." Ou encore : "Petites filles ça s'arrache cheveux quand Vasile marche dans la rue." C'était une caresse.

L'appartement a changé d'odeur. Les relents épais des bouillons de l'est vous prenaient à la gorge dès l'ascenseur. Il y avait toujours un morceau d'animal en train de mijoter à feu doux. "Cuisine pauvre", disait mon père avec l'enthousiasme de ceux qui, plus qu'ils ne mangent, font un voyage dans l'histoire. Le riz et les pommes de terre bouillies arrivaient devant moi dans la même assiette. Les mères de mes camarades les bourraient de spaghettis mais moi, j'absorbais la *mamaliga*, la *ciorbă*. La puanteur se collait aux murs. Le matin, c'était un problème de prendre son café au lait dans la cuisine, l'air sentait encore la nourriture bouillie. "Vasile mange *pastrami* pour faire sprint !"

J'écrivais à Angela que j'avais cette folle à la maison. Ça l'amusait ; Sumira n'a pas tardé à devenir notre sujet principal. Je lui racontais à quel point elle aimait boire, arrivant à des excès qui nous faisaient hurler de rire : on devait la porter jusqu'à la chambre d'amis à quatre bras, entre-temps elle lâchait des pets. Et puis elle ronflait. Mon père et moi, on se retrouvait parfois dans la cuisine sans s'y être donné rendez-vous, au milieu de la nuit, comme des évacués, les yeux explosés de sommeil. "Peut-être qu'on devrait aller frapper à sa porte", disait-il en se grattant la tête avec un peu d'inquiétude, car ce n'était pas normal de faire s'effondrer le plafond comme ça. Le lendemain matin, Sumira était une fleur. On la trouvait en train de gazouiller au-dessus des tartines grillées, avec son gros tonnage et son pas de libellule. "Vous fait bonne nuit ?"

Et puis elle est tombée amoureuse de Corradi, le voisin de palier. Un petit homme sans prétention qui avait vécu toute sa vie comme ça : sans prétention, n'importe qui pouvait le lire sur son visage. Ce veuf millénaire d'une gentillesse infinie n'avait qu'une passion : les 78 tours. Sa collection était illimitée. Il attaquait avec le Quartetto Cetra après le premier journal télévisé, tandis que j'avalais ma tasse de café au lait, une pince à linge sur le nez, et ça continuait pendant toute la matinée. Je racontais à Angela les embuscades et les salutations sur le paillasson entre cette Hulkesse et ce comptable retraité depuis cent ans. Ils étaient mignons. Ils se taquinaient de la pointe de l'épée, avec une délicatesse surannée. Dans mes lettres, j'essayais de l'exprimer, je me lançais dans quelque maxime maladroite : parfois la vie réside dans les petites choses, comme "bonjour" et "bonsoir". Puis j'effaçais tout.

Sans ma mère, pas de Capo Sant'Andrea, prendre cette maison aurait été douloureux pour un tas de raisons. On est restés dans notre petite ville cet été-là. Mon père passait le plus clair de son temps sur le balcon, avec sa chaise de plage et son maillot de toujours. De toute façon, les livres étaient là, à côté de la limonade que Sumira produisait par pichets entiers, surtout pour elle-même, car elle ne supportait pas la chaleur. La période qui allait de mai à septembre, pour elle, c'était l'apocalypse, elle ne faisait que s'éventer avec un objet ou un autre. Elle veillait à ne même pas mettre un pied au soleil, elle l'évitait comme si c'était une offense. Pire que ça, la main du diable.

J'ai demandé à passer une journée seul sur l'île d'Elbe. J'étais un petit homme, désormais, et puis j'aimais me lancer ce genre de défis : le train jusqu'à Piombino, ensuite une heure de ferry, le car de Portoferraio à Capo Sant'Andrea. (Ce que mon père ignorait, c'était quel feu brûlait en moi à l'idée de faire la surprise à Angela.)

— C'est hors de question.

Voilà comment il a réagi. N'importe quel adolescent aurait piqué une crise, mais dans mon cas, c'était différent : depuis la mort de maman, mon père avait changé. Il était sur mon dos, en peu de temps mille appréhensions avaient éclos en lui. Peut-être qu'il se sentait dans l'obligation d'assumer aussi le rôle de son épouse disparue, qu'il craignait que ma vie soit désormais marquée par un abîme sans espoir qui m'engloutirait un jour ou l'autre. Ça se traduisait par une attitude hyperprotectrice que je subissais volontiers, au fond. J'étais sa priorité, il tenait à le déclarer dans chaque mot, dans chaque geste. Notre équipe avait perdu l'un de ses membres importants. On portait la même blessure. Bien que de points de vue différents, on partageait la même douleur : c'était notre force.

Mais on était deux personnes distinctes. On ne devait pas faire l'erreur d'entrer dans cette pièce particulière où le grondement d'une absence se transformait en alliance à la limite de la morbidité, du délire. On avait besoin de notre silence. Et de rouvrir le regard sur le monde, même si un alphabet impitoyable occupait désormais le terrain. J'ai fini par le lui dire de la manière la plus simple : peut-être que ma sortie lui ferait du bien à lui aussi. Se garder l'un l'autre sous contrôle, ce n'était pas une forme d'amour. Et puis je ne partais pas pour un voyage aux confins de la galaxie.

Il s'est occupé de tout : billets, horaires, stratégies à adopter en cas de retard et de correspondance loupée. Il m'a expliqué le plan un soir à la table de la cuisine. Sumira fredonnait en rinçant les assiettes du dîner. Au bout d'un moment, elle s'est tournée et elle a dit :

— Vasile il fait kilomètres voyage tous les jours la semaine : Craiova-Bucarest.

Mon père l'a regardée avec agacement :

— S'il vous plaît. Nous sommes en train de parler de choses sérieuses, là.

Si j'avais suivi ses conseils, j'aurais dû préparer un sac d'explorateur. Je l'ai contenté autant que ça m'a paru acceptable, mais la gourde, non, vraiment, j'ai été inflexible sur ce point. Il m'a donné de l'argent, de quoi réserver un vol aller-retour pour New York.

— Et si la mer devient mauvaise ? il a fait, horrifié. Si tu restes bloqué là-bas ? Il faudra quand même que tu prennes une chambre…

En cas de nécessité, n'importe laquelle, je n'avais qu'à téléphoner : il avait plein d'amis sur l'île, un coup de fil suffirait, on viendrait me récupérer sur-le-champ pour me mettre à l'abri dans une villa jusqu'à nouvel ordre. Puis il est allé vérifier la météo.

Un beau voyage, surtout la traversée en ferry. Je suis resté tout le temps dehors à contempler les falaises de l'île. Ça voulait dire beaucoup pour moi, d'être là : j'allais de l'avant, malgré la morsure féroce de la perte. Maman n'était plus là, mais moi, je continuais à parcourir ce bout de mer, comme toujours. Par moments, je me sentais inondé de chaleur, voire de bonheur. J'étais fier de moi : je ne restais pas là, à prendre le soleil sur le balcon. Même un seul jour, je laissais la vie suivre son cours dans le sillon qu'on avait tracé.

Je suis resté dans ma bulle jusqu'à l'arrêt où le bus m'a déposé, non loin de la crique secrète. J'ai même apprécié de marcher en plein soleil, au bord de la route, comme un voyageur avec son sac à dos, perdu dans le monde. Puis j'ai entamé la descente.

Le lieu de rendez-vous des jeunes était toujours le même. J'ai senti mon sang bouillonner. Je n'avais fait que fantasmer sur l'effet que produirait mon irruption. Voici l'image dont j'étais tombé le plus amoureux : Angela, abandonnée sur sa serviette en train de somnoler après une baignade, ouvrait les yeux et me trouvait là, allongé à côté d'elle. Dans ses dernières lettres, elle n'avait fait que se désespérer en disant que, sans moi, le mois d'août n'aurait aucun sens.

Sauf que lui, le blondinet avec qui elle est sortie de l'eau, il avait un sens, apparemment. Un type que je n'avais jamais vu auparavant, peut-être un touriste étranger. Je me tenais sur un des rochers qui formaient une couronne autour de la crique et cachaient ce mouchoir de terrain aux yeux des vacanciers rustres. Je les ai observés pendant le minimum de temps nécessaire pour comprendre que mon entrée en scène ne ferait que provoquer une grosse gêne. Mes genoux ont flanché, comme le jour de l'enterrement de ma mère. Mais je serais mort de honte si j'étais tombé comme une chiffe molle en attirant l'attention sur moi. C'était la pensée qu'il fallait : l'adrénaline m'a fait me tenir droit. La colère a fait le reste.

Tête basse, je me suis traîné jusqu'à la route. La feuille avec les horaires si scrupuleusement préparée par mon père était déjà inutile. Je me suis placé au bord de l'asphalte et j'ai fait la dernière chose que j'avais prévue pour ce jour-là : du stop.

J'étais un petit jeune propre sur lui, rien en moi ne pouvait faire penser à mal. De fait, ils se sont arrêtés presque tout de suite : deux fiancés d'une trentaine d'années, pleins de vie, du genre qui vous donne envie de sauter d'une falaise sur-le-champ. Au moment où j'ai ouvert la portière, j'ai entendu une voix dire "Hé !" Je me suis retourné et j'ai vu Marco, à l'arrêt sur son vélo. Je ne lui ai même pas fait signe. J'ai baissé la tête et je me suis glissé dans la voiture.

La voilà, ma fugue de rêve. À la buvette du quai numéro 3, avec une canette de soda à l'orange. Les ferries allaient et venaient. J'ai fini par me décider à changer mon billet pour quitter l'île. Mon père me verrait rentrer plus tôt que prévu, je le sentais déjà en train de tournicoter autour de moi en quête d'explications. Je les lui donnerais en peu de mots, de la manière la plus obscène et la plus banale, celle des adolescents : la vie est nulle. Avant de m'enfermer dans ma chambre pour relire les dernières lettres d'Angela. Toutes ces pages. Cette marée de mots. Après la tendresse de l'été précédent, elle n'avait pas été amoureuse de moi, pas même une minute. Elle s'était sentie dans le devoir de m'écrire à cause des événements récents de ma vie. C'était une découverte qui me surprenait et me donnait le vertige.

La traversée du retour, je l'ai passée à l'intérieur, recroquevillé sur un siège, mon Walkman à plein tube. Voilà ce qui arrivait quand on s'obstinait à parcourir des voies épuisées : il n'était même pas midi et je faisais déjà demi-tour, la queue entre les jambes.

Mais au port, j'ai eu un coup de chance, j'ai attrapé une correspondance éclair. Je me suis jeté dans le train à la dernière minute, alors que les portes étaient sur le point de se refermer. Ça m'a valu une réflexion du contrôleur, parce que je n'avais pas eu le temps de composter. Quarante minutes plus tard, j'étais de retour à la gare de départ. Tous les visages que je croisais sur le quai semblaient dire : “Elle t’a plu, ta virée dans le monde ?”

Dans l’ascenseur, j’ai respiré plusieurs fois en me préparant à la rafale de questions qui m’attendaient. Quand Sumira m’a trouvé sur le pas de la porte, elle a écarquillé les yeux :

— Déjà de retourné ?

Je suis passé devant elle tête baissée. J’ai parcouru le couloir jusqu’au salon. Les baies vitrées étaient ouvertes pour faire circuler l’air. Sur le balcon, personne.

— Tata pas à la maison, ai-je entendu.

Tata. Je n’arrivais pas du tout à m’habituer à sa façon d’appeler mon père.

— Il est où ?

Elle a écarté les bras de façon exagérée.

Tant mieux pour moi. Je suis allé dans ma chambre, j’ai laissé tomber mon sac à dos par terre. J’ai enlevé mes chaussures et regardé la chaîne stéréo. J’avais envie qu’un bouclier sonore me sépare du reste du monde. Mais dans l’appartement d’à côté, Corradi jouait ses 78 tours à fond la caisse, ça m’aurait paru malpoli de les écraser sous un mur de distorsion. Je me suis jeté sur le lit comme ça, avec ces musiques d’un autre temps en bande-son. Épuisé par mon réveil à l’aube et la charge de sales pensées que j’avais accumulées, je me suis endormi comme une souche.

J’ai rouvert les yeux vers le soir. Pendant un bref moment, j’ai cru que j’avais fait un mauvais rêve, j’ai presque sursauté dans la perspective du départ ; mais l’instant d’après, tout s’est effondré sur moi. J’ai regardé ma montre : j’avais dormi plus de cinq heures. Mon père m’avait laissé me reposer. Il était sûrement là, sur des charbons ardents : pourquoi étais-je rentré si tôt ? Le seul moyen de clore ce chapitre le plus vite possible, c'était de l'affronter en face-à-face sans perdre de temps. Quand je suis arrivé dans le salon, je n'y ai trouvé que Sumira. Elle était affalée sur le canapé, la jupe relevée jusqu'à la culotte. Pendant un moment, je suis resté hypnotisé par cette graisse blanche avec des bourrelets sur les genoux, même si elle était assise.

— Il n'est pas encore rentré ?

Elle s'est levée d'un bond en se rajustant.

— Faut faire souci ?

Une question visqueuse, que j'ai plus ou moins entendue comme "Il est mort ? Je risque de perdre mon emploi ?"

J'ai continué :

— Il a appelé ?

Elle a fait signe que non. J'ai jeté un autre coup d'œil à ma montre. Et j'ai eu une illumination.

J'ai couru jusqu'à ma chambre, mis mes chaussures, attrapé mon sac à dos, que j'avais laissé par terre, intact. Je me suis précipité dans le salon. Sumira n'avait pas bougé d'un centimètre.

— Tu ne m'as pas vu, lui ai-je dit.

Elle m'a fixé de ses gros yeux de bovin abruti.

— Tu as compris ? Je ne suis pas rentré.

Elle a fini par hocher la tête, pas du tout convaincue.

— À tout à l'heure, ai-je dit.

Et je me suis précipité vers la porte.

Si mon plan fonctionnait, je me débarrasserais d'un tas d'ennuis. Ç'aurait été vraiment dommage de tomber sur mon père maintenant. Il y avait vingt minutes de marche entre notre appartement et la gare : j'ai dû pulvériser tous les records. Je me suis précipité dans le passage souterrain comme une furie, bien qu'il n'y ait aucun train à l'approche ou sur le départ. Une fois de l'autre côté, je me suis caché derrière la colonne du quai numéro 2 pour reprendre mon souffle. Une demi-heure plus tard, le train est entré en gare pile à l'heure. Dès que les portes se sont ouvertes, les banlieusards et les touristes se sont rués vers les escaliers. Je me suis mêlé à eux.

Au tourniquet de sortie, j'ai repéré mon père. Il m'attendait debout devant sa voiture. Dès qu'il m'a vu, il a levé un bras.

J'ai inventé une journée géniale avec mes vieux copains de vacances, le temps avait filé si vite que j'avais failli rater le bus pour le port. Lui, il m'écoutait avec attention, sans perdre une syllabe. Au bout d'un moment, il a dit :

— Tu n'es pas du tout bronzé.

Je me suis senti démasqué. Puis il a sorti ça : peut-être que j'avais passé toute la journée à l'écart de la plage… Je me suis forcé à sourire. Que mon père me soupçonne d'avoir conquis la fille qui m'écrivait toutes les semaines, ça me tordait les boyaux.

Pendant le dîner, Sumira n'arrêtait pas de me scruter et de me faire un clin d'œil dès que mon père regardait ailleurs. Je feignais d'avoir de l'appétit, tandis qu'il continuait à me faire des allusions :

— Il faut que tu reprennes des forces !

Il dégoulinait d'orgueil à l'idée que son fils avait fait fureur. Puis je me suis mis à bâiller, j'ai dit que je tombais de sommeil. Sumira était pensive, elle s'est tournée instinctivement vers moi.

— Comment ça possible ?

Je l'ai foudroyée. Mais mon père était distrait, il ne l'a même pas entendue. Je leur ai souhaité bonne nuit et j'ai quitté la cuisine en priant pour que notre domestique au tempérament bavard ne fasse pas d'autre gaffe.

C'était le 12 août 1999. Le jour même de la disparition de Laura, une fillette d'à peine huit ans. Quand elle a été sauvée, elle en avait vingt-deux.

Un lopin de terre, à cinquante kilomètres de chez nous, presque aux portes de la ville. À la lisière d'une hêtraie, loin des champs cultivés. La clôture massive, la pelouse bien entretenue. Au centre, une petite construction en maçonnerie, à peine deux pièces avec des toilettes. Sur la droite, un bateau de plaisance sur un chariot aux pneus à plat. La première habitation à dix minutes de voiture sur un long chemin de terre. À l'arrière de l'habitation, le conteneur, à moitié caché par les branches d'un vieux saule. À première vue, une cabane à outils, ou un truc dans le genre.

Angela a continué à m'envoyer des lettres pendant quelques semaines. Je les laissais s'empiler sans les ouvrir. Puis elle a cessé. Mais un courrier inattendu est arrivé pour Noël, avec de petites étoiles collées dessus. Je l'ai mis lui aussi dans le tiroir, intact.

Chacun se rappelle comment il a passé le réveillon de l'an 2000. Mon père et moi, on est allés quelques jours à la montagne. Un moyen pour être ensemble loin de la frénésie des festivités. Sur ce point, on était pareils : on souffrait du vacarme vulgaire. J'avais à peine treize ans, mais je devinais déjà que je tenais mon caractère de ce père au regard sans cesse perdu en contemplation. On avait la même façon de marcher, en traînant un peu les pieds, il n'était pas rare qu'on trébuche sur rien. "Tel père...", il faisait en souriant. Mais on aimait les promenades. De même qu'on aimait le froid. Quand on était ensemble, mon père devenait un père, il ôtait la panoplie du grand professeur courtisé par les universités. La passion qui nous liait le plus, c'était ça : la fascination envers le passé. À l'époque, j'en percevais l'étincelle latente, à laquelle je ne savais pas donner de nom. Je me retrouvais hypnotisé par une porte cochère vieille de plusieurs siècles et fantasmais sur les vies si nombreuses qui avaient franchi son seuil : qui étaient ces gens, quels poids avaient-ils traînés derrière eux, comment se brossaient-ils les dents ? Dans les vieilles églises, j'étais capable de rester assis sur un banc pendant une demi-heure sans bouger. Ce silence. Et l'odeur. Les pieds des saints, brillants comme l'or à force d'être caressés par les mains des fidèles. Alors je passais aussi la mienne sur eux. J'imaginais que je touchais cette série de paumes qui s'y étaient posées avant elle. Dans mon jeu, j'effleurais la main d'une lavandière qui avait vécu trois cents ans plus tôt ; celle d'un soldat partant à la guerre ; et celle de la jeune femme du mercredi précédent, qui se repentait d'avoir trompé son mari fraîchement épousé... Comme eux, j'étais le résultat de tant de routes, d'infinies coïncidences qui avaient mu le monde dans une certaine direction. Une évidence qui se reflétait dans chaque chose, depuis le type de blouson que je portais jusqu'à l'algèbre avec laquelle j'alignais mes pensées.

Mon père l'appelait comme ça : la brise du voyage. D'après lui, peu de gens parvenaient à la sentir, je devais m'estimer heureux, et je le croyais un peu. Car il n'avait jamais été envahissant, avec moi : si j'avais eu l'idée fixe de devenir footballeur comme mes amis ennuyeux, il n'aurait pas sourcillé. C'était plutôt moi qui le harcelais. Je choisissais un objet au hasard et lui demandais de me raconter son histoire. C'était phénoménal d'être catapulté dans le temps à partir des pales d'un ventilateur. Mon père traçait une ligne incroyable qui allait toucher l'invention du crayon, la courbe parabolique et le calendrier grégorien. Une course folle à travers les siècles en survolant guerres et révolutions technologiques. Transporté par le vent des changements, je restais accroché à ce fil invisible qui relie tout. Il parlait et je sentais vraiment quelque chose remuer à l'intérieur. Je devenais un satellite qui revoyait l'évolution de l'homme en accéléré, une décennie par seconde. D'habitude, il concluait comme ça : "Et maintenant, nous voilà." J'avais l'impression d'atterrir après un voyage à travers les millénaires qui me ramenait à ma place. Tout me semblait important, même une lézarde sur la façade d'un bar.

Un autre thème qui passionnait mon père, c'étaient mes grands-parents, que je n'ai pas connus. J'avais en tout cas la sensation qu'une épingle lui touchait l'intérieur de la gorge quand il prononçait leurs noms. En parlant d'eux, il parlait de lui-même. En parlant d'eux, il parlait de moi.

On a cette marque de fabrique qui nous rend uniques et reconnaissables : notre auriculaire un peu tordu, qui dévie à la dernière phalange. "Si tu veux prouver que tu es un Balestri, montre ça", et il en dressait un. Alors je dégainais le mien : pareil. On venait du même sillon. Un gène précis qui, malgré les guerres, les mélanges et les épidémies, se reproduisait depuis la nuit des temps. Peut-être que dans l'histoire du monde, il y avait eu des boucaniers, des chercheurs d'or, des valets de cuisine de la Rome antique et des égorgeurs marqués de ce sceau : j'étais le dernier de la cordée. Projeté vers le lendemain, je portais en moi les mystères de tant de vies, des plus aventureuses aux plus gaspillées. La façon d'éternuer, les tics. Qui sait où j'avais pêché tout ça. À l'intérieur de moi voyageait un train parti des brumes des siècles, c'était formidable de l'entendre ferrailler, avec mon père en face de moi. Je devinais son geste, lent et mesuré, scandé par les jours : le passage du relais. L'image réfléchie par un miroir qui peu à peu s'estompe et en dessine une autre pour les jours à venir. Une lame qui transperçait le temps, notre auriculaire ; et maintenant, la balle était arrivée jusqu'à moi. Pour la plupart des gens, dire que chacun est unique, c'est une formule de roman-photo pour se donner du cœur : j'en percevais l'écho, comme un bruit sourd. La brise du voyage m'ébouriffait les cheveux.

D'après les reconstitutions des enquêteurs, les enlèvements avérés imputés à mon père sont au nombre de trois. Mais on soupçonne qu'il y en a eu au moins le double. À part Laura, aucun corps n'a jamais été retrouvé.

À la voir, on dirait une jeune fille comme tant d'autres. Laura s'y efforce. Elle a son groupe d'amis, elle s'escrime à étudier. Elle a même un petit copain.

Et pourtant, parfois, je l'épie dans le reflet d'une vitrine, le miroir d'un pub : elle s'absente. Il y a des moments où son œil se perd, ses pupilles se dilatent en tombant dans un noir connu d'elle seule. Un égarement qui peut durer plusieurs minutes. Autour d'elle, il y a le brouhaha du bar, sa bande qui siffle des bières, tous en proie au feu de leur âge. Ils allument leur cigarette avec un égocentrisme qui me fait souhaiter l'extinction de l'espèce. Ils n'ont d'yeux que pour eux-mêmes ; ils ne remarquent pas que leur amie ferme soudain son visage à tout et retourne se barricader là-bas, dans un cube en fer. Celui où, depuis octobre 2013, je cherche moi aussi un interstice de lumière. Ils pourraient écraser leur mégot sur le dos de sa main qu'elle ne broncherait pas. Aucune grimace de terreur : l'anéantissement. Laura s'éteint, elle s'efface. Un frémissement la surprend et elle entre en suspension. Je suis le seul à la reconnaître. À la comprendre. Le jour où ils l'ont libérée, ils m'ont enfermé. Depuis maintenant cinq ans, Laura représente les vacances que je m'octroie de temps en temps, malgré les heures de voiture et les frais que ça implique. Des bouffées d'oxygène qui me disent ce que j'ai besoin d'entendre : je ne suis pas seul.

Je l'ai connue bien avant qu'elle soit libérée : il l'appelait dans son sommeil. Avec Sumira, on accourait en pleine nuit, les hurlements de mon père parvenaient à pénétrer ses ronflements de mastodonte. Ses cauchemars avaient commencé à la disparition de sa femme. Parfois, on le trouvait assis sur son lit, encore endormi, en train de donner des coups dans l'air. Mais surtout, il parlait, il s'inquiétait pour quelqu'un, demandait sur un ton désespéré : "Tu as froid ?" Ou bien il versait des torrents de larmes : “Pardon, mille excuses…” Il me fendait deux fois le cœur : je le voyais dans cet état, et je comprenais ce que ça lui coûtait de garder une façade solide pendant la journée. Et puis il donnait voix à ma douleur, que je n’avais peut-être pas encore suffisamment épanchée. Il y avait des matins où j’ouvrais les yeux et où, pendant un moment, je ne me souvenais de rien. Avant le coup de massue : “Maman n’est plus là.” Ou bien la nouvelle me surprenait alors que j’étais concentré sur autre chose : un choc en mesure de me faire dérailler.

Sumira était gentille : “Toi va coucher, disait-elle, ici c’est moi je m’occupe”. Je lui donnais satisfaction, entre autres parce que ça me bloquait de voir mon père pendant ces crises, je restais cloué sur place à deux pas du seuil. “Me voilà !, hurlait-il. J’arrive !” Il agitait les jambes sous ses couvertures comme s’il se mettait vraiment à courir. Le lendemain matin, il arrivait dans la cuisine d’un pas rapide, comme si de rien n’était.

Reconstruire une vie entière en suivant la piste secrète d’un père malade, ce n’est pas facile. Au début, je cherchais les concordances, une partie de moi n’arrivait pas à bloquer cette frénésie. Je déchiffrais les Noëls. Les Pâques. Le jour où il a cédé devant mon énième jérémiade et où on est allés voir des scooters. Le choix du lycée classique qui a balayé mon idée fixe de l’époque : le lycée artistique*.

* Les élèves italiens ont le choix entre plusieurs types de lycées, dont le classique, axé sur les humanités (latin, grec, langues et littératures), et l’artistique, spécialisé dans divers domaines des arts visuels (architecture, design, etc.).

Chaque jour de ma vie, sous la pluie ou le soleil, chaque après-midi ennuyeux. Sous nos pieds coulait un fleuve noir. Le seul soulagement, le voici : au moins, maman a été épargnée.

Dans ses cauchemars, c'était elle que mon père semblait chercher, mais une nuit, il est allé plus loin dans ses divagations, et une phrase est restée fichée en moi : "Il faut que je te nettoie." Durant la maladie de maman, ça n'était jamais arrivé, il y avait toujours eu quelqu'un pour assumer cette fonction. Voyant ma tête hallucinée, Sumira m'a invité comme d'habitude à m'éloigner :

— Toi pas écouter.

Après octobre 2013, ça m'a fait bizarre de revisiter cette scène pour la regarder sous un autre angle : peut-être que mon père était rongé par ce mal-être macabre où les morts vous parlent. Elles sont là, allez savoir où, ces entités muettes mais dotées de grands yeux. Elles voient tout. Elles farfouillent dans les consciences. Même dans les rêves.

En ce jour d'août 1999, si je ne m'étais pas entêté à mettre sur pied une visite surprise à une adolescente, tout aurait été différent pour Laura. Je continue à me répéter que tôt ou tard, une autre fillette aurait été kidnappée à sa place. Mais *elle*. Les faits se sont déroulés un peu comme si c'était moi qui l'avais choisie, avec ma frénésie d'un baiser estival et mon envie de me sentir vivant après l'enterrement de maman. La thérapie ne sert à rien, les années passent mais le ver demeure. Alors je dois faire ma valise à la hâte et avaler en silence les quatre cents kilomètres. Je dois m'assurer qu'elle va bien, que je ne suis pas le seul à porter en moi la puanteur d'un conteneur.

Un jour, Laura m'a carrément parlé.

Je m'en rendais bien compte : c'était une filature effrontée, je n'avais pas pris les précautions habituelles. Tôt le matin. Je marchais dix pas derrière elle dans le chaos de la ville. Plein hiver, avec les flaques gelées et les monticules de neige sale sur les bas-côtés. C'était un trajet qu'on avait souvent fait ensemble, à son insu.

En général, je reste en retrait aux carrefours, encore aujourd'hui ; je m'approche du bord du trottoir comme si je cherchais un taxi. Quand le feu passe au vert, je me remets en marche. Mais ce jour-là, j'avais besoin de plus. Ça arrive. Pour me calmer, il faut que je m'approche de sa vie, je vais même jusqu'à ramasser les mégots qu'elle laisse tomber par terre. S'ils n'atterrissent pas sur quelque chose de dégoûtant, je les récupère et tire dessus encore deux fois, quitte à brûler le filtre. Ou bien je la vois jeter un truc à la poubelle : emballage de chewing-gum (Laura préfère les Brooklyn blancs), ticket de métro. Si j'ai de la chance, je mets la main sur le billet d'entrée d'un cinéma, d'une exposition. Pour moi, c'est bon signe. Ça signifie que Laura essaie d'y arriver, qu'elle vit. J'en ai presque les larmes aux yeux quand je l'épie en train de chanter pendant un concert. Quoi qu'il en soit, il est exclu de lui adresser la parole. Dans les cas comme celui de mon père, les restrictions sont inflexibles, je prends sans doute des risques rien qu'en marchant à l'autre bout de la ville sans en avertir les autorités compétentes.

Ce matin-là, j'avais soif de nouvelles. Je la suivais en enregistrant le moindre de ses mouvements. Elle avait l'air en retard et de mauvaise humeur. Elle était en train de fouiller dans son sac comme une furie, peut-être en quête de ses cigarettes (Laura préfère les Camel Blue) ou de son porte-monnaie.

Dans l'agitation, elle perd un trousseau de clés. Je la colle, je suis vraiment tout près. Elle s'arrête net, fait volte-face et avance de deux pas. On se retrouve nez à nez. Je me baisse et ramasse le trousseau. Je le lui tends.

— Merci, dit-elle en esquissant un sourire pâle, la tête ailleurs.

Laura a les yeux verts. Elle tourne les talons et se remet à marcher. En me laissant là, au milieu de la foule, immobile.

Laura s'enferme dans les toilettes des bars. Surtout l'après-midi, quand elle plonge seule dans la ville. Elle prend une ligne de métro au hasard et se laisse entraîner vers le large. Parfois, je la perds. Mais pas toujours : j'entre dans la rame en luttant contre les portes automatiques et je me mets derrière n'importe qui en la gardant à l'œil, en particulier à l'approche d'une station. Je suis derrière elle dans les escaliers, sur les trottoirs. Sous le soleil et sous la pluie. Jusqu'à ce qu'elle entre dans un café sans raison.

Les premières fois, j'attendais dehors. À chaque minute, j'étais transpercé par cette pensée : "Elle s'en est rendu compte. Elle a filé par une sortie de secours." Je voyais déjà arriver une patrouille de police… Puis j'ai commencé à entrer dans les cafés moi aussi.

Laura cherche une cage. Elle ne peut pas les contrôler, ces pulsions qui la surprennent sans crier gare. L'instant d'avant, elle suit son petit bonhomme de chemin, et celui d'après, elle se terre, enfermée à quatre tours dans les toilettes d'un bar. J'entre, je commande quelque chose au comptoir. Dans certains cas, il y a si peu de gens qu'il finit par ne rester que nous, à part le gérant à moitié endormi, l'œil collé au poste de télé généralement placé dans un coin en hauteur. Et un scénario particulier se dessine : moi dehors, elle dedans. On dirait qu'elle le demande.

Je le demande moi aussi. C'est une torture qui m'ensorcelle. Minute après minute, le risque qu'elle sorte et me débusque là prend consistance. Elle n'a pas la moindre idée de la tête que peut avoir le fils du détraqué qui l'a gardée prisonnière pendant des années ; en fait, elle ne sait peut-être même pas qu'il existe, ce fils. Pour éviter qu'un détail de ma personne n'attire son attention, je m'emmitoufle avec soin avant d'entreprendre une filature. S'il y a des gens, je peux me fondre dans la masse. Quand il n'y a que nous, chaque mouvement de l'aiguille est une goutte de feu qui me traverse.

Un quart d'heure. Vingt minutes… D'habitude, c'est moi qui craque : je mets l'argent sur le comptoir et me rue dehors, où il y a de l'air. Je trouve un coin pour surveiller l'entrée du café. Souvent, Laura sort longtemps après ; entre-temps, je me suis transformé en glaçon. Et je me demande : “Qui file qui ? Qui enferme qui ?”

Ou bien dans le café, ils s'en rendent compte : il y a quelqu'un aux toilettes depuis une heure, peut-être qu'il faut appeler une ambulance. Alors je quitte mon tabouret tout de suite. S'il y a du mouvement, je ne sors même pas mon porte-monnaie.

Tout ça, en thérapie, je ne peux pas le dire. Naima est convaincue que ces dernières années, j'ai fait des pas de géant ; à ma place, d'autres seraient en mille morceaux depuis longtemps. C'est la championne du traitement des troubles liés au stress post-traumatique. Dans mon cas, ça implique beaucoup de choses. En premier lieu, de redéfinir les bases d'une existence. Naima utilise souvent ces mots : restructuration cognitive. Au début, elle ne faisait que me demander d'imaginer l'arrestation de mon père comme un grave accident de voiture dont j'étais malgré tout sorti vivant. Et surtout : sans culpabilité.

Un autre aspect important de cet accident de 2013, c'est que mon père est mort. Le fait qu'il soit en train de croupir en prison ne doit pas m'embrouiller les idées : il n'est plus. L'homme qui m'a engendré et que j'ai toujours connu appartient au passé. Ce qu'on doit faire, c'est *rétablir le processus naturel des informations présentes dans la mémoire pour parvenir à une résolution adaptative par le biais de la création de nouvelles connexions plus fonctionnelles.* C'est ce que disent les bases de l'EMDR. À Naima, je dis : "Je viens du même sang." Elle secoue la tête. "C'est une autre question."

Bref, on me demande de briser ce pont qui traverse les siècles. Je n'ai plus d'avant. L'asphalte s'est effondré, dans la route qui me relie à tout, il y a un trou : il porte le nom de mon père. Celui-là même qui m'a formé, éduqué, protégé, conseillé, guidé, habillé. Aimé. Mais mon père n'est pas un événement quelconque. Mon auriculaire en est la preuve.

La vérité, c'est que je ne veux pas y croire. Je ne le dis pas à Naima, ce serait gaspiller la séance. Peut-être que quelqu'un le forçait, qu'il était obligé. Des membres de quelque fraternité obsédés par des rituels anciens et cruels. Les savants sont parfois bizarres.

Dans les pays de l'Est, il existait un business consistant à procurer à de grands pontes pleins aux as des jeunes à tuer, comme ça, pour voir quel goût ça avait. Ou bien maman y était pour quelque chose ? J'ai même pensé ça. Peut-être qu'ils avaient eu une petite fille avant moi, dont j'ignorais tout. Une petite fille morte prématurément à cause d'un coup du sort. Et voilà que ma mère oblige son mari à en kidnapper d'autres pour les mettre à l'abri, comme des poupées. Quand j'ai ce genre de pensées, je me retrouve aux toilettes en train de vomir. Pour laver l'un de mes parents, je les salis tous les deux.

Mon père ne parle pas. Il n'a jamais parlé. Depuis son arrestation, il continue de clamer son innocence en dépit des preuves. Il conservait une mèche de cheveux d'Amanda entre les pages d'un livre. Une dent de lait de la fillette précédente, qu'il a gardée pendant des années dans le tiroir d'un coffret à bijoux rapporté du Tibet avant ma naissance. Elle s'appelait Sara. Quand j'étais adolescent, je prenais cette incisive dans ma main. "C'est la tienne, disait-il. Regarde combien de temps…" Même maman était dupe, ça l'émouvait que son mari conserve ce trophée. Parfois, pour rire, je la mettais dans ma bouche en la superposant à la nouvelle dent.

Moi, ce que je conserve, c'est autre chose : des déchets. Si j'avais le courage, j'irais fouiller les poubelles, mais je risquerais trop gros. Laura aime le rock. Ses couleurs préférées sont le noir, le violet et le bleu. Elle aime écrire. C'est surtout ça qu'elle fait pendant ses déplacements en métro, les écouteurs enfoncés dans les oreilles. Un peu comme moi pendant la traversée de retour d'Elbe.

Il y a des moments où j'aimerais tomber le masque : je rêve d'aller chez elle et de lui demander comment il était, de quoi il lui parlait, s'il était gentil, au moins.

Si l'enquête, son témoignage direct et les procès avaient révélé qu'il l'avait touchée, je me serais sans doute suicidé. Quand je dis ça, Naima fronce ses sourcils effilés. "Vous continuez à vous sentir responsable." C'est différent : je continue à me sentir disparaître, comme si la source de mon existence avait été une hallucination. En fin de compte, c'est le seul facteur atténuant : Laura n'a pas dénoncé d'abus sexuel, d'aucune sorte. C'est déjà quelque chose. Je m'en contente.

Une nouvelle qui a fait sensation, c'est le refus catégorique qu'elle a opposé à la proposition mirobolante d'exploitation de son histoire. Un livre, un film. Le peuple qui se nourrit de télévision l'a traitée de débile pendant des semaines : elle avait été enfermée pendant quatorze ans, elle méritait quand même une belle indemnisation. Tout le monde demandait à connaître ce nom, ce visage. Certains se plaignaient déjà à l'idée de ses apparitions dans les émissions de l'après-midi, ils en imaginaient des tonnes ; d'autres la voyaient candidate aux élections. Les gens atteignent parfois des sommets d'obscénité. Venant du fils d'un détraqué, ça peut paraître bizarre de dire ça.

Venant du fils d'un détraqué, tout paraît bizarre, chaque geste est un signe. Les habitants de la petite ville me soupçonnent d'être porteur du même poison, ou pensent du moins qu'il a déteint sur moi. Je le pense aussi. Mon image en prend un coup.

À trente-deux ans, je n'ai pas de copine. Les rares membres de ma famille se sont évaporés, mes amis pareil, y compris ceux de longue date. Ils ont résisté, à leur manière, bec et ongles. Ils n'y sont pas arrivés. Personne n'y est arrivé, avec moi. Parce que c'est trop. Je ne peux pas prétendre que le massacre que je vis au quotidien devienne le travail des autres. M'inviter à un réveillon de Noël, ça mobilise des énergies particulières, qui gâchent la fête à tout le monde. Le problème, ce n'est pas que mon père soit mon père. Le problème, c'est que je suis son fils.

Pourtant, je ne m'en vais pas, même si Naima ne dédaigne pas cette possibilité : me réinitialiser, voire me donner un autre nom. Ce serait un geste important, avec des séquelles qui parviendraient jour après jour à *modifier ma structure cognitive*.

Parfois, je fantasme sur cette opération. Je prends n'importe quel Piero Berti et me pose la question : j'ai la tête d'un Piero Berti ? D'un Saverio Marchi ? Je m'aventure aussi sur des versants exotiques… Vu la singularité de mon cas, le tribunal ne ferait pas d'histoires. Je lis dans la presse le nom de personnes mêlées à des tragédies et, l'espace d'un instant, je l'enfile comme une veste : comment il me va ? C'est un exercice difficile, ne serait-ce qu'en pensée. Sur moi, quel effet ça fait, Filippo ? Giovanni ? Peter ? Me demander un changement aussi radical à mon âge, ça ne se fait pas. Naima parle bien : à la fin de la séance, elle reste elle-même. Je l'admets ouvertement, avec un certain frisson : "Si demain matin je me réveille et que je m'appelle Andrea, peut-être que tout changera." Elle répond toujours sur le même mode : "Ça serait vraiment un problème ?"

Qu'est-ce qu'ils en sauraient, les inconnus. Je pourrais m'appeler comme le mot de passe d'un réseau wifi, majuscules et minuscules comprises. Mais allez dire ça aux vingt mille âmes de la petite ville. Ils savent tous qui je suis, d'où je viens. Je suis né et j'ai grandi dans les chambres du Mal. Ils n'arrivent pas à me distinguer de mon père. Même pour le soussigné, c'est un défi : mon identité n'est pas seulement ce que je perçois, c'est ce que perçoivent les gens. Désormais, je suis englué là-dedans, je baigne toujours aujourd'hui dans la soupe primordiale qui remonte à ma naissance en septembre 1986. Effacer un nom, ça veut dire effacer une vie. La première chose à faire, ce serait ça : partir. Si vous voulez modifier votre identité, il faut rompre avec le passé, sinon ça prend des allures de bouffonnerie. Disparaître dans la nature, sans que personne ne puisse vous contredire. Ni vous reconnaître.

L'article dit que depuis le début de l'année, 562 personnes ont disparu. Qui viennent s'ajouter aux 52 990 dont on a perdu la trace de janvier 1974 à décembre 2017. On a reconstitué l'histoire d'au moins trois fillettes.

Laura reste Laura, fière. La première fois, c'est en photo que je l'ai rencontrée, les enquêteurs devaient établir une fois pour toutes que je n'étais pas impliqué dans la séquestration, que je n'en savais vraiment rien. Je suis resté longtemps rivé à ce visage, je n'écoutais même pas les questions. Le traumatisme était encore frais, j'avalais des verres de tranquillisants.

J'étais là, les yeux dans les yeux avec une fille un peu plus jeune que moi. Ce qui me coupait le souffle, c'était cette espèce de sourire : une ombre infime retroussait ses lèvres. Elle semblait immortalisée pour son passeport. À côté de moi, il y avait Martini, notre avocat historique, qui m'a vu grandir. À la énième question insistante sans réponse, il a dit :

— Messieurs, peut-être que mon client…

C'est à ce moment-là que je me suis évanoui.

Martini, toujours lui, me tenait au courant de tout. "Reste à l'écart des journaux, répétait-il, oublie la télé." Je ne pouvais même pas aller me tirer une balle à l'autre bout du monde : mes témoignages étaient utiles pour amener de nouveaux développements, fournir le point de départ de je ne sais quelle piste. Les audiences, je n'y assistais pas, la dernière chose dont j'avais besoin, c'était que mon visage soit livré en pâture aux magazines à potins ; la première étape pour éviter de me faire massacrer a consisté à fermer les réseaux sociaux. Mais surtout, c'était impensable de le voir, mon père. Je l'imaginais là, sur le banc des accusés, comme le tueur à gages d'un caïd.

Entre-temps, le lopin de terre qu'il possédait en secret depuis des décennies avait été passé au peigne fin : ils n'en avaient rien tiré, pas le moindre cheveu. Au vu des éléments du dossier, il était difficile pour Martini de plaider l'abolition du discernement. C'était peu plausible à propos de quelqu'un qui, deux jours avant son arrestation, avait dirigé un séminaire devant des centaines de personnes sur le thème "Notions de biopouvoir, vie nue, état d'exception". C'est en me faisant son rapport après une audience que notre avocat m'a appris le nom de la fille que j'avais vue en photo.

À l'époque, il y avait Elisa. On sortait ensemble depuis un an et on projetait de franchir le pas décisif : celui des présentations à sa famille. L'impact a été immense.

Je l'aimais vraiment. Si les choses s'étaient passées autrement, peut-être qu'on aurait un enfant aujourd'hui. Parfois, on jouait à lui donner un prénom, j'étais fan d'Alvise, qui me plaisait parce qu'il n'avait pas de saint dans le calendrier. Elle riait. Même sous la torture, elle ne m'aurait pas permis de détruire cet enfant en l'affublant d'un tel prénom. Alors je lui expliquais son étymologie, je lui parlais des cognats dérivés du germain *Hlodwig*. Il évoquait la gloire, le combat. Là, Elisa avait déjà commencé à bâiller.

Il me manque, cet enfant. J'y pense souvent, jusqu'à ce qu'une lame de feu me transperce la gorge jusqu'au cœur : lui aussi, mon père l'a kidnappé. Il l'a pris et l'a jeté là, dans l'obscurité éternelle d'une grosse boîte, celle des hypothèses jamais réalisées. La nostalgie d'un fils non-né est difficile à digérer. Dans ma vision, il est pieds nus, il a peut-être deux ou trois ans et porte une salopette en jean sans rien dessous. C'est l'été, on est quelque part, il y a une prairie. Alvise a les yeux de sa mère, les cheveux blonds. Le hurlement muet avec lequel il m'appelle fissure le verre. Alors Naima me prescrit une énième cure de gouttes fortes, au moins je réussis à dormir un peu.

Les premiers moments, ç'a été important d'avoir Elisa. Je vivais comme si je portais mes tripes dans mes mains. Elle ne savait pas quoi dire, elle était au moins aussi tétanisée que moi. Elle se blottissait contre mon épaule. “Il faut que tu réagisses.” Elle ne pouvait pas faire plus. Je le lisais dans ses yeux et l’entendais dans sa voix : elle-même n’y croyait pas. Me découvrir sans remède, c’était une chute perpétuelle dans le noir.

Si au moins Sumira avait été là, avisée et déterminée quand il le fallait, malgré son air hors du monde et ses répliques de folle azimutée. Mais elle nous avait quittés depuis près de dix ans, après avoir payé les études de Vasile et mis de côté un petit pécule, elle nous avait quittés depuis près de dix ans. La Roumanie était devenue autre chose, je l’imaginais à l’abri. Je priais pour qu’elle reste là-bas, en sécurité, perdue dans je ne sais quel coin de la Valachie. Elle jouissait des efforts d’une vie entière consacrée à son fils, à sa famille. Puis Martini m’a dit qu’ils étaient allés l’interroger, elle aussi. Qui sait comment elle a réagi à l’idée d’avoir habité dans l’appartement d’un détraqué. Elle cuisinait pour lui, repassait ses chemises. Peut-être qu’aujourd’hui, c’est elle qui se réveille la nuit en hurlant.

Tout l’immeuble était pétrifié. On ne parlait que de ça dans la petite ville. Une station balnéaire vivante l’été et morte l’hiver, soudain prise d’assaut par les minibus des télévisions. Au début, j’ai été submergé de messages de mes amis les plus proches, tous se sentaient obligés de m’écrire qu’ils étaient là pour moi. Mais pas un ne s’est donné la peine de venir sonner à ma porte.

La presse et les chaînes de télévision locales avaient pour une fois de la chair fraîche à se mettre sous la dent, leurs informations étaient reprises dans les grands titres et les JT à l'échelle nationale, et même outre-Atlantique. Partout, la nouvelle se propageait : "Le monstre du golfe a été capturé." Moi, je restais terré chez moi, conformément aux conseils de Martini. Je laissais le téléphone sonner à l'infini. Elisa résistait, mais au bout de deux semaines, elle était déjà épuisée, elle n'arrivait même plus à m'effleurer. Elle était terrifiée par toute l'attention qui déferlait sur elle, dont la vague la plus dévastatrice provenait de la petite ville : la fiancée du "fils de". Elle a commencé à me regarder d'un autre œil, comme si ces événements avaient soulevé un voile : mon profil, une veine du regard, ma corpulence mince… Qui plus est, j'avais suivi le même parcours universitaire que mon père. Je commençais à me faire une place dans la recherche, en montrant mes qualités et en arrachant de l'esprit des envieux le soupçon que ma progression était le fruit du népotisme. Je le faisais en trimant dur, en annonçant des objectifs concrets. D'une certaine manière, je pouvais passer pour un clone, une nouvelle version de lui. Je commençais même à me dégarnir au niveau des tempes, comme lui.

Elisa l'avait bien connu. Comme elle faisait une fixation sur la cuisine mexicaine, elle s'était souvent mise aux fourneaux en tirant parti des notes de l'éminent professeur Carlo Maria Balestri, qui savait tout sur tout, y compris sur les origines des plats mésoaméricains. Découvrir la furie qui se cachait sous l'air gentil et débonnaire de ce petit homme, ça l'avait terrassée en profondeur. Le doute présent à l'esprit de tous s'était peut-être même greffé dans le sien malgré elle : et si je couvais le même germe ? Le genre de questions qu'on n'a pas l'habitude de se poser quand on s'apprête à construire un avenir et à mettre un enfant au monde. Jusqu'à quelques semaines plus tôt, l'histoire de l'auriculaire tordu l'attendrissait. Maintenant, elle y voyait la griffe du diable.

Elle me l'a dit en larmes : elle avait atteint la limite. Elle pouvait à peine mettre le nez dehors. Dans la rue, on la dévisageait, on l'évitait, les gens qui la saluaient de loin se parlaient à l'oreille. Moi, je me tenais à l'écart des émissions, des articles en pleine page. Elle absorbait tout ça. C'était trop. La petite ville resterait marquée pendant des décennies. Fini, la mer magnifique, les plages blanches : le monstre du golfe. Elisa s'est répandue en excuses entrecoupées de sanglots. Elle devait sauver sa peau. C'est justement elle qui m'a ouvert les yeux quand elle a dit tout à coup :

— Je vais finir par rester enfermée là-bas moi aussi.

Au lycée, il y avait Matteo Lorenzi, un ami très proche. On partageait une passion pour les maquettes. Mais lui, c'était un champion absolu : il sculptait des miniatures. Il avait commencé enfant ; à dix-sept ans, il était déjà le roi de la pâte à modeler. Il avait transformé une partie de sa chambre en laboratoire. Sa table de travail n'avait rien à voir avec le coin de mon bureau où je continuais d'assembler des avions de temps en temps – en m'orientant désormais vers les navettes spatiales. À partir d'un certain moment, la chambre de Matteo Lorenzi m'est apparue comme un atelier d'artiste. J'étais émerveillé par les pointes, les mini-machines de tournage, les micro-outils en tous genres : les étaux, les pieds à coulisse, et même un chalumeau. Et les esquisses à main levée sur des feuilles de papier millimétré éparpillées partout. Il utilisait des lunettes spéciales avec une loupe au bout d'une tige. Quand il se mettait à son plan de travail, il sortait des gants en latex d'une petite boîte, comme s'il s'apprêtait à pratiquer une opération à cœur ouvert. Il prenait tout à coup une expression très sérieuse. Et il cessait de parler.

J'aimais bien l'observer. Il était là, tout courbé, il prélevait de petites portions de pâte qu'il collait sur le dos de sa main puis, à l'aide d'un crochet, il remplissait le squelette en fil de fer fixé sur un bouchon de vin mousseux. Il levait souvent la tête pour étudier les posters accrochés au mur, face au plan de travail : le corps humain, les proportions. Il y avait divers types d'illustrations : femmes, hommes, gros, vieux. Mains, clavicules, globes oculaires… Il créait des microbilles de cette pâte à modeler spéciale et renforçait une hanche, définissait la cape flottante d'une armure.

C'était un travail lent, qui requérait toute l'attention possible. N'importe qui serait mort d'ennui en restant là sans rien faire. Moi, ça m'apaisait : plus rien n'existait, à part la réussite de cet ogre, la bottine du pirate cyborg avec un monocle implanté dans le crâne. Deux régiments de personnages, le Bien et le Mal. Le premier se composait d'un escadron de types un peu fantasy, avec massues en acier, boucliers énergétiques et canons laser à l'épaule. Quant au Mal, c'étaient les extraterrestres. Une bande de bêtes mutantes ressemblant parfois à des reptiles, de grosses limaces ou des araignées à cuirasse cracheuse de feu. Ils étaient tous là, le long du mur, enfermés dans une vitrine comme au musée. Chaque personnage avait sa fiche : rôle, spécialité, arme, point faible… Et carrément un bout de son histoire : son passé, ses origines. Tout ça se trouvait dans un album que mon ami me laissait feuilleter pourvu que j'aie les mains propres. Les figurines enrôlées dans chacune des deux armées avaient été photographiées de face, de profil, de trois quarts, de dos. Il commençait à y en avoir beaucoup.

Ce qui manquait, c'était l'histoire générale, on en parlait souvent. Matteo n'avait même pas décidé comment s'appelaient les armées, la planète où se déroulait l'aventure. Il disait : "Maintenant, il faut que j'étudie les personnages." Il avait commencé à l'âge de sept ans. Parfois, il ressortait l'une de ses premières figurines et la reprenait entièrement pour la mettre au même niveau que les autres. À la fin de l'après-midi, on projetait de nouveaux guerriers ; il arrivait que mon ami me demande de l'aider. J'étais doué pour imaginer des noms. Entre autres, j'étais fier de celui dont j'avais affublé d'instinct, un soir, le second du chef de la flotte rebelle : Jason Wood. Un mercenaire avec un bras robotisé capable de pulvériser des montagnes. Pour l'instant, il était là, sur du papier millimétré, à l'état d'esquisse. Quand j'ai prononcé son nom, le regard de Matteo s'est illuminé : donner une identité à un combattant, c'était crucial. Dans sa tête, la pâte à modeler prenait forme.

Inutile de préciser qu'il remportait prix sur prix dans les concours, il lui suffisait d'envoyer des polaroïds. Ça ne l'intéressait pas d'exposer ces trophées, il remisait coupes et plaques dans un coin de son placard. Là, dehors, il y avait tout un monde d'énergumènes capables de dépenser une fortune pour mettre la main sur un Superman de six centimètres de haut revisité par un grand nom du milieu. Ce que Matteo Lorenzi commençait à être, malgré son jeune âge et ses combats contre sa mère, qui supportait mal la passion de son fils pour “les petits soldats”. Noël et les anniversaires, c’était toujours l’angoisse : pas d’argent, de vêtements, de mobylette, mais des outils. Du matériel. Des livres d’anatomie. Et puis une première récompense pécuniaire était arrivée et sa mère s’était réveillée : il était possible de toucher un salaire avec un petit objet de ce genre ? Matteo lui avait ri au nez. En Amérique et au Japon, il existait des gens qui s’achetaient des villas avec ces machins-là. Le père, lui, ne disait rien. Parce qu’il n’était pas là. Il s’était suicidé quand son fils avait douze ans.

Moi, je ne posais pas de questions et lui, il n’en parlait pas. Mais dans la petite ville, ça se savait : un jour, l’ingénieur Lorenzi ne s’était pas présenté au bureau. On l’avait retrouvé l’après-midi dans la pinède près du ponton, pendu.

Avec mon père, j’en parlais souvent. La question qui me désorientait était simple : pourquoi ? Une fenêtre grande ouverte sur le noir. Pourtant, cet homme avait un fils, une femme, une maison, un bon travail… Il avait voulu s’en aller, comme si ce qu’il avait construit dans la vie n’était rien. Aucune maladie en phase terminale, pas même l’ombre d’un créancier. Riccardo Lorenzi s’était tué, un point c’est tout. Le regard de mon père se perdait dans le vide, vraiment désarmé. D’habitude, il poussait un grand soupir. “Sois proche de ton ami. Et même, un de ces quatre, invitons-le à dîner, ça te dit ?”

Matteo ressemblait à tous les adolescents, avec les problèmes et les lubies de n’importe lequel d’entre eux. Allez savoir ce qui couvait sous les apparences. Peut-être que continuer à créer des armées de monstres et de guerriers, ça l’aidait à clarifier les choses dans son for intérieur : le Bien, le Mal. La lutte infinie entre deux mondes, qu'il transférait de son âme à la pâte à modeler en lui donnant une forme, un nom, un rôle. Pour ensuite remiser tout ça dans la vitrine.

Je m'y suis mis moi aussi. L'excuse pour m'y consacrer, c'était d'aller faire les versions de latin et de grec chez les Lorenzi. "T'es une bille", plaisantait-il en observant les horreurs que j'assemblais. Mais j'étais tombé amoureux de cette dimension silencieuse, intime, des choses. Je laissais la maquette Revell à moitié éventrée dans sa boîte et je m'acharnais sur des bestioles uniques. De l'autre côté de la fenêtre, des bombes pouvaient tomber : je peaufinais le bandeau d'un flibustier de l'espace. Créé à partir de deux tortillons de fil de fer, il prenait soudain forme, même s'il était un peu de travers. Mon petit monstre. Quelque chose qui habitait à l'intérieur de moi. Comme il était, j'étais. Je finissais même par aimer mes miniatures disproportionnées. Malgré leurs couleurs grumeleuses, leurs surfaces rugueuses, leurs détails pâteux. Ils étaient une photographie de moi.

(Ça me fait plaisir de savoir que Matteo Lorenzi est aujourd'hui *senior modelling artist* pour une grosse compagnie de Los Angeles. À un certain moment, ses troupes de bons et de méchants ont été achetées pour créer un jeu vidéo. Aujourd'hui, ces personnages issus de Dieu sait quel déchirement d'abandon, de rejet, ont fait leur entrée dans le foyer de millions de jeunes. Ils sont les alliés des boutonneux de tous les continents. Matteo les passionne. Il les sauve, peut-être.)

Elisa s'en est allée, et j'ai commencé à faire Laura. Dehors, les cyclones se déchaînaient sur le monstre du golfe. Je modelais des miniatures : juste le visage, celui de la photo. Je couvrais de pâte un crâne en plastique grand comme l'ongle du pouce, je cherchais la vraisemblance. La seule trace était le souvenir, brouillé par les brumes de l'évanouissement. Parfois, je loupais tellement le tir que je retrouvais dans ma main la tête d'une petite poupée stupide. D'autres fois, je créais une inconnue qui existait sans doute je ne sais où, institutrice à Bundaberg en Australie. Mais il arrivait que je capture quelque chose : une pommette. Ou l'ombre de l'ombre de ce sourire du bout des lèvres qui m'avait frappé. Parfois, ça me perturbait : étais-je comme l'homme qui l'avait retenue captive ? Voulais-je moi aussi ma marionnette dont je pouvais m'occuper ? Alors je décharnais ces visages jusqu'à l'os. Puis je demandais pardon. C'est à cette période-là que Martini m'a fait contacter par Naima.

Aujourd'hui, elle est contente, elle dit que ma décision est un grand pas en avant. “Un nouveau nom, c'est une nouvelle histoire”, dit-elle. Je me modèle grâce à une carte d'identité flambant neuve, mais la base en fil de fer reste la même. “Ça passera”, dit-elle. Il faut que je sois patient, que je laisse à la pâte le temps de prendre.

De toute façon, pour les habitants de la petite ville, c'est pareil : Luca Balestri est celui qu'il a toujours été. À part les carabiniers, personne ne sait que je vais bientôt recevoir un permis de conduire où le nom sera différent. Que je suis un autre.

Parfois, j'ai besoin de compagnie : je lis les profils des pires criminels. Il y a des détraqués qui ont tué jusqu'à cent quatre-vingt-dix personnes. Ce sont surtout des histoires de violence, mais je me fiche de ça, je cherche d'autres détails. Il suffit de faire un tour sur Internet pour découvrir des fonds d'archives infinis, remplis de dossiers complets : lieu de naissance, taille, poids, méthode, victimes avérées, lieux de détention. Progéniture. Je m'attarde sur cette dernière entrée. Mais rares sont les cas où les enfants des criminels sortent du bois, en surfant par exemple sur la vague de cette popularité macabre au moyen de livres, d'interviews et d'apparitions à la télé. Les gens ont soif de savoir ce que ça fait de vivre sous le même toit qu'un assassin. C'est vendeur. En général, les enfants lèchent leurs plaies dans l'ombre. Empocher un peu d'argent pour un quart d'heure dans un talk-show, ça n'en vaut pas la peine ; aucun prix ne justifie qu'on mette son ADN sur la place publique. Pareil pour les victimes. On peut compter sur les doigts d'une main les rescapés qui s'exposent. Les autres ramassent les morceaux de leur vie et tentent de les recoller en silence.

Ce qui continue à me frapper chez Laura, ce sont les cigarettes. Et la façon dont elle manipule son iPhone. Quand elle a été enfermée, c'était une enfant, Internet était un scénario qui devait encore se développer. Elle a vécu une interruption de quatorze ans. Entre-temps, le monde a fait des pas de géant : à l'observer dans la rue, elle semble pourtant n'en avoir rien perdu.

Le garçon qu'elle fréquente depuis quelques mois a l'air bien, il est étudiant en architecture. Trois soirs par semaine, il travaille comme serveur dans un restaurant. Ils ne font rien de spécial : dîners, promenades dans le centre, un cinéma, parfois un concert avec leurs amis. Puis ils montent chez lui. Alors je m'en vais.

Le jour de mon dix-huitième anniversaire, j'ai reçu un cadeau inattendu : l'appartement. Je retournais ce papier entre mes mains sans vraiment comprendre. Mon père ricanait.

— Alors ? a-t-il fini par lâcher, tu ne dis rien ?

Qu'est-ce que j'étais censé dire. Je me retrouvais propriétaire de l'appartement où on avait toujours habité (ce qui serait de toute façon arrivé tôt ou tard). Tu parles d'un effort. Je l'ai remercié, mais une certaine déception devait se lire sur mon visage. Lui, il continuait à pouffer, surexcité. Il a dit cette phrase :

— Il pourra se passer n'importe quoi, mais ces quatre murs, ils ne pourront jamais te les enlever.

Je l'ai regardé bizarrement. Qui donc serait capable d'une telle méchanceté ? Puis il n'a plus réussi à se contenir : il a tiré une clé d'une poche de son pantalon et l'a posée sur la table. Elle portait le logo de la marque Peugeot.

— Elle est à toi, a-t-il dit, mais ne me fais pas faire du mauvais sang.

On ne parlait presque jamais d'argent, c'était un sujet qui le poussait dans une zone particulière de lui-même. Peut-être même que ça suscitait en lui une sorte d'embarras. Je savais pertinemment qu'on pouvait sans aucun doute nous compter parmi les nantis, bien qu'on ne roule pas sur l'or. Chaque année, au début des cours, les publications de mon père se vendaient comme des petits pains. Des titres comme *Anthropologie du paysage*, *Éducation à la différence : interculture*, *Étude sur les formes de familles et sur les rapports de genre* n'étaient que quelques-uns des best-sellers qui, avec le salaire de professeur des universités, les recettes des colloques, des conférences et des émissions de télé, étoffaient son compte en banque. Depuis des années, il s'était bien positionné dans ce secteur de marché, dont plusieurs maisons d'édition le courtisaient. Balestri, c'était une garantie. Pour *Culture matérielle et immatérielle*, des enchères sanglantes s'étaient déchaînées. À la signature du contrat, on n'avait même pas porté de toast, mais quand Martini m'a montré nos économies, j'ai eu du mal à en croire mes yeux.

Parfois, j'y pense : tous ces étudiants. Entrer dans leur vie, ouvrir celle-ci à de nouveaux horizons. Cet homme au regard rêveur et sans délire égocentrique nourrissait l'esprit des nouvelles générations. Il éclairait de nombreux objets d'une autre lumière, qui n'appartenait qu'à lui. Cette troupe aussi me tient compagnie : tous ces jeunes grands ouverts sur demain, le feu dans les veines, des marmites dans lesquelles le professeur Balestri a versé tant de soupe. Qu'est-ce que ça leur a fait de découvrir que des gouttes de poison flottaient dedans ? Peut-être qu'ils se sentent contaminés.

Aujourd'hui, les œuvres du professeur Balestri ont toutes été retirées des catalogues. Mais on se les arrache toujours sur le marché du livre d'occasion, entre ceux qui les traitent comme des reliques sataniques et ceux qui défendent malgré tout le travail de mon père. Elles demeurent des études importantes, reconnues par la communauté scientifique mondiale. Luttes interminables : la moralité dévorant le génie. On peut lire des commentaires de ce style : "Peut-être qu'Hitler lui-même savait préparer de délicieux gâteaux." La réponse se trouve juste en dessous : “Si seulement sa mère en avait fait un ce soir-là au lieu de baisser sa culotte.” Si seulement.

Quand je ne suis pas trop inquiet pour Laura, je fais quelques courses rapides et quarante minutes de voiture. Après avoir quitté la départementale, je parcours le chemin de terre jusqu’à l’endroit où la broussaille s’épaissit.

J’ai hérité de tout. Au début, j’ai ignoré cette propriété, l’antre de la bête. Et pourtant, elle m’appelait. Un jour, je me suis décidé, deux ans après les faits. Même si ça faisait mal, il fallait que je voie ce lieu où mon père avait passé du temps. Que je comprenne qui il était, dans ce repli de lui-même. Les détails surtout me le permettraient. Je cherchais la part étrangère.

J’ai trouvé un mur d’herbes, au centre duquel s’élevait une construction modeste. Les haies redevenues sauvages se mêlaient au feuillage du saule, qui s’était étalé. Sur la droite pointait un bout du bateau, qui semblait vraiment sur le point de sombrer entre les flots. Une carte postale du bayou.

Les restes des scellés résistaient miraculeusement sur le portail. Un coup d’épaule m’a suffi pour l’ouvrir, une chaîne mangée par la rouille est tombée. Je savais qu’une fois ce seuil franchi, j’entrerais dans un monde obscur. Je l’ai franchi.

Ce jour-là, je suis resté dix minutes tout au plus. Je me suis borné à longer la clôture, où des ronces avaient pris racine. Le chiendent régnait en maître. Une brise légère agitait le saule, qui faisait penser à la tête d’un géant. Le bruissement s’élevait comme un chœur, par vagues. En même temps, je scrutais cette sorte de cabanon : les persiennes barricadées, aux lames rongées par les intempéries, le crépi, qui avait commencé à se fissurer. Il y a eu un bruit sourd : une rafale avait refermé le portail. J'ai senti des milliers d'épingles sous ma peau. En avançant encore de quelques mètres, j'ai entrevu le côté de la maisonnette. Et une partie du conteneur.

On s'est affrontés pendant un certain temps. Lui, il était là, se détachant sur fond d'arbres, en grande partie caché par les branches comme dans une étreinte. L'espace d'un instant, j'ai eu la sensation claire que, pour me libérer, il me faudrait ouvrir en grand cette bouche de fer. Mais je n'y suis pas arrivé. Au bout d'un moment, je me suis retrouvé dans ma voiture, le cœur battant, j'ai passé la première et je suis parti sur les chapeaux de roues en soulevant un gros nuage de poussière.

Les carabiniers s'étaient cassé la tête sur ces questions sans réponse : Qui avait transporté ce conteneur jusque-là ? Quand ? Peut-être qu'il avait eu un complice au début ? Le fait qu'il n'y ait pas l'ombre d'une habitation à des kilomètres à la ronde ne les aidait pas. Mon père était propriétaire de cet endroit depuis février 1979. Sept ans et demi avant ma naissance. Les demandes de permis de construire, de raccordement aux réseaux figuraient avec désinvolture dans les registres. Tout avait été fait dans les règles.

Mettre ce terrain en vente serait une perte de temps. Même sans monstre du golfe, cette propriété au milieu de nulle part ne ferait envie à personne. Pareil pour l'appartement que j'ai reçu le jour de mes dix-huit ans. Et même, l'immeuble tout entier est contaminé, voire ceux d'à côté, ce n'est qu'au bout de la rue que les gens recommencent à respirer un air pur. Certains propriétaires avec un prêt à rembourser sont coincés dans un bâtiment qui a perdu toute valeur marchande, mais leurs mensualités sont toujours les mêmes. Des légendes circulent, comme quoi des pleurs de fillette auraient été entendus dans la cage d'escalier. Peut-être ceux de la petite du premier étage, qui faisait un caprice. Elle s'appelle Matilda. À l'école, ses camarades la terrorisent avec les bruits qui courent. Alors elle rentre chez elle et passe la nuit les yeux écarquillés, sans savoir que c'est elle-même, le fantôme qui l'empêche de dormir.

Tout le reste est à l'avenant : une nuée qui s'enroule, semble se dissiper et au contraire résiste. Des personnes âgées vivent pendues au téléphone, parce qu'elles ont peur de rester seules chez elles. Les postiers sont surpris par un frisson en franchissant le seuil, ils se hâtent de glisser le courrier dans les boîtes aux lettres en retenant du pied la porte d'entrée.

Remettre la propriété en état, ç'a été comme modeler un personnage, mais à l'envers. Je n'ajoutais pas de pâte : j'en enlevais. Je traînais des sacs de mauvaises herbes pour aller les décharger à la déchetterie. On aurait dit des cadavres emballés dans du nylon épais. Je ramenais à la lumière le jardinet, un gruyère plein de trous et de monticules : les fouilles des carabiniers. À un certain moment, j'ai retrouvé une pièce de cent lires de 1983.

Au début, je ne me suis soucié que de ça : la terre. C'est devenu plus difficile quand je me suis approché de la construction, puis du conteneur. Je fauchais les touffes tête baissée ; parfois l'outil heurtait le fer de la benne. Grondement métallique. Et si quelqu'un avait répondu de l'intérieur ?

La proximité du bateau me faisait aussi trembler les poignets. Une hypothèse des enquêteurs, c'était que mon père l'avait utilisé pour se défaire des corps des fillettes. Celles qui n'avaient pas survécu, avant Laura. Les papiers étaient en règle. L'enquête avait même révélé l'existence d'un permis de navigation.

Le jour où j'ai décidé d'entrer dans la baraque, je me le suis répété pendant toute la durée du trajet : pas d'hésitation, enfoncer la clé dans la serrure et c'est tout. Une image effrayante a surgi dans mon esprit : mettre le pied là-dedans, ce serait comme m'enfoncer dans la gueule du monstre. Le conteneur était le ventre.

J'ai tenu bon jusqu'au dernier moment. J'ai voulu actionner la serrure d'un geste sec, mais je l'ai trouvée dure et j'ai failli casser la clé. J'avais mis tellement de fougue dans ce geste que je me suis écorché la jointure de l'index. Ce que j'ai lu de la seule façon possible : la maison me rejetait. Une énergie me disait : "Ne fais pas ça, va-t'en." Je ne l'ai pas écoutée. J'ai ouvert d'un coup en forçant la rouille qui avait scellé l'embrasure dans l'immobilité des dernières années. Les charnières ont produit un son strident de film d'horreur. Après tant de temps, une lame de soleil a envahi la pièce.

Du seuil, je ne voyais qu'un grand fouillis. Le sol était jonché de livres démembrés, de feuilles de papier, de casseroles et de fragments d'assiettes. Une table avait été renversée sur le côté et poussée contre le mur, avec deux vieilles chaises en plastique. Une étagère s'était effondrée, et le choc avait éparpillé les verres brisés, les couvercles. Il y avait de la poussière et de la merde de rat partout.

Impossible de déterminer où s'était achevé le travail des carabiniers et où avait commencé le délabrement de l'abandon.

J'avais apporté une lampe torche. Sans faire un pas, j'ai balayé la pièce de mon faisceau lumineux. J'ai vu le petit plan de travail de la cuisinière, l'évier, une bonbonne de gaz. Et un petit canapé rembourré dont le caoutchouc-mousse usé sortait par les entailles pratiquées durant la perquisition. Sur la gauche, un meuble dont les portes avaient été arrachées. Les deux tiroirs, posés sur le plan supérieur, étaient vides. En dehors des livres, il n'y avait pas d'objets particuliers, à part un petit radiateur électrique et un ventilateur. À côté de la kitchenette, une ouverture menait à l'autre pièce. Elle n'avait pas de porte. Je ne parvenais pas à voir autre chose.

Chercher la part étrangère, ça peut être dangereux : on risque de la trouver. Je n'avais pas encore fait un pas, mais c'était flagrant : il n'y avait aucune trace de nous là-dedans. De moi. Ce que j'observais, c'était la tanière d'un inconnu. Le type de mobilier, le goût avec lequel mon père avait arrangé ce trou : rien ne me ramenait au versant de sa personne que j'avais toujours connu. Objets sans valeur, fer-blanc et contreplaqué. En apparence, j'avais de quoi me sentir soulagé : un lieu à visiter en coup de vent, sans l'agrémenter de son empreinte. Mais il y avait une table, un coin cuisine, une chambre. Bref, le confort minimal pour y passer du temps. Peut-être y habiter, fût-ce pendant quelques jours, loin de tout. Une parenthèse dans la vie habituelle. Une oasis de paix avec une fillette enfermée à quelques mètres de là. J'ai revu en un instant la myriade infinie de colloques et de congrès, de déplacements professionnels, de cours hors les murs, de récompenses, depuis l'époque de ma mère. Mon père rentrait toujours la mine exténuée, presque incapable de faire le compte rendu des dîners ennuyeux auxquels il était sans cesse convié. Il appelait à l'heure habituelle pour dire que tout se passait bien. Je l'ai imaginé au téléphone de la première aire de service après le chemin de terre. Avant qu'il regagne ce refuge secret et se prépare un bouillon en silence.

Quand j'ai ouvert la fenêtre en grand, des araignées dodues sont tombées des chambranles. C'est seulement alors que j'ai remarqué que l'humidité avait pénétré si profondément dans les murs qu'elle y dessinait une carte de taches.

La chambre était deux fois plus petite que le séjour. Le matelas une place était jeté au milieu, le sommier posé dessus les pieds en l'air. Cette dimension des choses m'a blessé : la vie pensée pour une seule personne, à l'écart de la famille. La table de nuit aussi avait été éventrée, comme l'armoire à deux portes, vide. Une petite lampe avec un abat-jour en plastique se trouvait dans un coin, incrustée d'une couche de crasse. À l'angle opposé, des couvertures et quelques vêtements jetés par terre. Désormais un tas humide, sans doute plein de bêtes, dont dépassaient un pull à col roulé rouge, que je n'avais jamais vu mon père porter, et une paire de savates en plastique qui n'avaient rien à voir avec les pantoufles en velours qu'il enfilait dès qu'il rentrait à la maison.

Et la salle de bains : guère plus qu'un placard, avec un WC et un lavabo. Pour prendre une douche, il fallait inonder la cabine, dont le sol était concave, avec la bonde au milieu. J'ai essayé d'ouvrir le robinet.

Du fond du trou m'a répondu un bruit étrange de tuyaux et de conduites.

Après le jardin, je me suis occupé de la baraque. On me voyait maintenant arriver à la déchetterie avec des battants de portes et des meubles réduits en pièces. Ça m'a plu de tout détruire à la hache, de désintégrer le placard à coups de masse sur les côtés. Je n'ai même pas sauvé ce qui était récupérable. J'ai aimé gratter les murs, désincruster la saleté. Comme peinture, j'ai choisi un blanc uni, pour les façades aussi, à la place du jaune terne dont mon père avait tout badigeonné, Dieu sait quand. J'ai posé des plinthes, décapé le bois des montants et des persiennes avant de le couvrir d'une teinte proche du merisier, que j'avais déjà utilisée pour la clôture. Le type qui est venu réparer la tuyauterie et les toilettes se pointait en compagnie d'un gaillard bourru rappelant par son attitude ces gorilles qu'on recrute pour surveiller ses arrières. En revanche, l'équipe d'Albanais engagés pour installer la nouvelle cuisine et la chambre s'en fichaient. Comme le petit jeune qui a accouru après avoir lu l'annonce concernant le bateau. Le marché proposé était simple : quiconque pourrait l'emporter à condition de se charger des démarches. Le fait que des fillettes aient été exterminées à cet endroit ne l'atteignait pas, ce qui l'intéressait, c'était l'argent qu'il gagnerait en restaurant le bateau. Il a aussi pris la remorque. Pour finir, j'ai dû me rendre à l'évidence : il ne me restait plus qu'à m'occuper du conteneur.

Contre toute attente, ma première nuit dans la maisonnette remise à neuf s'est déroulée sans encombre.

J'ai dormi d'une traite, profondément. Puis, peut-être pour prendre mon temps avant d'ouvrir la bouche de fer, j'ai donné un bon coup de peinture rouge vif au conteneur. Auparavant, il était d'un marron de wagon à bétail, plus propice au camouflage : bien qu'il soit visible de la route, on ne le remarquait pas, il aurait fallu scruter le paysage pour le repérer. Deux couches ont été nécessaires, que j'ai passées avec soin, sans bâcler la besogne. Une sorte de déclaration : l'extérieur en dit long sur l'intérieur. S'il ne dit pas tout.

Les habitants de la petite ville ne me voyaient déjà presque plus. Je faisais des incursions pour récupérer le courrier ou des choses importantes : des vêtements, l'ordinateur, des outils et du matériel pour les miniatures. Les autres propriétaires de l'immeuble me regardaient sortir avec de gros cartons. Mais eux, ces braves gens miroir de la société, ils devaient rester là, privés de la chance d'un compte bancaire permettant de changer de vie du jour au lendemain. Peut-être que mon père avait aussi pensé à ça : être découvert. Me laisser un héritage pour que je puisse continuer.

Puis j'ai compris que le moment était venu.

Ça n'a pas été une mince affaire, de forcer le conteneur. Les tringles et les pênes du système d'ouverture avaient eux aussi souffert de l'abandon, j'ai dû lutter assez longtemps. Pas de catharsis : fatigue et sueur. Jurons grommelés entre les dents. Puis ce bruit, *clang*. Mais le battant de droite restait là, comme soudé. Une autre bataille a commencé. Agrippé aux barres verticales, je donnais des coups mesurés, mais risquais quand même de tout prendre en pleine figure. Jusqu'à ce qu'il bouge, même d'un cheveu. Un interstice de rien du tout donnant sur le noir, assez large cependant pour y glisser un levier.

L'ouverture du caisson a produit des bruits terrifiants. Un mélange entre un rugissement et un hurlement d'agonie. J'ai été frappé par une bouffée de chaleur pareille au souffle d'un dragon endormi.

C'est toujours comme ça : quand vous vous retrouvez face à la bête qui peuple vos cauchemars, elle vous déçoit presque. Une grosse cage sans rien dedans, nettoyée jusqu'à l'os par les carabiniers. Au cours du procès, j'avais appris par Martini que cette prison n'était pas un endroit effrayant. Pas de crochets de boucherie, de lames, ni d'atrocités dans le genre. Oui, Laura avait été enchaînée, mais avec la possibilité de se lever de sa couche, tant pour ses besoins (deux pots aux couvercles hermétiques) que pour boire ou prendre un biscuit. Sur la droite, il y avait encore le garde-manger à étagères en acier. Du côté opposé, un bureau – mon père apportait des livres, des cahiers, des crayons – et une lampe dont le fil passait par un orifice et se prolongeait jusqu'à la cabane. J'ai tout de suite vu le petit cercle blanc qui se détachait nettement dans la pénombre, pareil au trou d'un projectile. Laura n'avait pas vécu de longues périodes de noir entre les visites de son geôlier (elle serait devenue folle), sauf quand un orage faisait sauter les plombs et que plusieurs jours passaient. Les factures d'électricité ont également été vérifiées au cours de l'enquête. Elles reflétaient surtout la consommation d'une fillette devenue au fil des ans une adolescente puis une femme. Une fois par semaine, elle recevait des piles de rechange pour le baladeur. Il y avait une belle collection de cassettes avec les dernières nouveautés. Et la série complète des *Histoires racontées*, à écouter en suivant sur le livret. À l'issue d'une audience, Martini m'a rapporté une autre chose qui m'a donné la chair de poule :

— La fille a déclaré qu'en quatorze ans de captivité, ton père ne lui a jamais adressé la parole.

Un dimanche, on est partis en voiture sans but précis. Je venais de passer mon permis, j'étais surexcité. J'avais hâte de montrer ce que j'avais appris lors des leçons. Posséder une voiture flambant neuve et ne pas pouvoir l'utiliser, c'était un supplice. Et puis je voulais m'admirer dans ce geste : ouvrir la portière gauche. Mon père ouvrirait pour la première fois celle du passager. "Maintenant c'est moi qui conduis." Ça marquait le début d'un chapitre important.

Il était tranquille. Il se laissait transporter en regardant la route. Il ne m'a jamais repris. Il n'a même pas commenté quand, au feu rouge de la via Salceta, j'ai calé et qu'on s'est retrouvés là, coincés au carrefour, tandis que ça klaxonnait derrière nous. Il a laissé la panique me traverser. Je me voyais déjà en pleine défaite : ouvrir la portière, faire le tour et me recroqueviller sur l'autre siège jusqu'à disparaître, le visage en feu, en laissant un adulte remplacer au volant ce novice qui bloquait la circulation. Il est resté silencieux, le regard droit devant lui. Il avait un sourire placide, indifférent aux sauvages qui se déchaînaient malgré le disque P* collé sur la lunette arrière. La plus acharnée était une petite femme enfermée dans une Panda couleur havane avec un

* P pour *"principiante"*, débutant, dans ce cas apprenti conducteur.

roquet nerveux qui avait grimpé sur le tableau de bord. Mon père n'a parlé qu'au bout de quelques tentatives infructueuses : j'ai repris les rênes de moi-même alors que le feu était sur le point de passer à l'orange. Il a dit :

— J'ai faim. Emmène-moi quelque part.

Peut-être qu'il y avait des flux mystérieux dans l'air : on s'est retrouvés dans un relais qui n'existe plus aujourd'hui, du côté de la départementale, à quelques kilomètres du chemin de terre. Mais ce n'est pas mon père qui m'a encouragé à aller dans cette direction : au sortir de la banlieue, je me suis jeté sur la quatre-voies et c'est tout, comme si je répondais à un appel. Un endroit bondé de camionneurs, avec une tonnelle face aux champs. C'était une belle journée de soleil, on s'est installés sur les bancs en plein air. Je me serais cru dans un film. On n'avait guère parcouru qu'une quarantaine de kilomètres, mais comme j'avais conduit, je me sentais le maître du monde. On ne parlait de rien ; mon père avait un don pour donner leur juste poids aux silences et les rendre précieux. On jouissait de cette nouvelle dimension des choses. C'est seulement vers la fin du déjeuner qu'il a dit :

— Qu'est-ce que tu as, là ?

J'ai regardé mon épaule. J'ai vu une brindille qui avait dû me tomber dessus. Je lui ai donné une chiquenaude, mais elle est restée agrippée à mon pull. J'ai recommencé. Et je me suis rendu compte qu'elle bougeait.

Un phasme. C'était la première fois que j'en voyais un d'aussi près. Si ç'avait été une araignée, j'aurais sauté en l'air, mais ce petit animal était différent, il ne suscitait pas en moi le dégoût que j'éprouvais en général envers les sauterelles, les mantes religieuses. Ça m'a plu, de ne pas me laisser submerger par la répulsion : je n'ai pas bronché, impassible en apparence. Je suis même allé plus loin : avec désinvolture, j'ai pris une serviette en papier, j'ai détaché la bestiole et je l'ai posée sur la table.

On aurait dit une créature extraterrestre. Il y en avait qui lui ressemblaient dans la vitrine de Matteo Lorenzi, du côté des monstres. Il restait là, immobile. Je me suis demandé comment il faisait pour vivre. Il avait vraiment l'air d'une petite branche, impossible de le distinguer au premier coup d'œil. Qui sait combien j'en avais écrasés à mon insu au cours de ma vie. Combien j'en avais transportés, pris dans mes cheveux… Et à quoi il servait ? Le type de rencontres qui vous amène à vous interroger sur le dessein de la nature : il existe des êtres vivants bizarres, pour une raison ou pour une autre. Peut-être qu'ils peuplaient la Terre avant que l'homme pointe le bout de son nez et sorte de la mêlée. Je l'ai observé pendant quelques minutes. Puis, alors que j'étais sur le point de le faire tomber de la table en soufflant dessus, un dôme de verre est descendu d'en haut.

Mon père avait pris le bol qu'ils utilisaient comme cendrier dans ce relais. Le phasme était désormais prisonnier.

— On pourrait le garder.

J'ai regardé mon père :

— Pour quoi faire ?

Je n'avais jamais exprimé le désir de construire un terrarium.

Il a haussé les épaules.

— Pour l'avoir. Voyons ce qu'il fait.

Qu'est-ce qu'il pouvait faire, il restait là et c'est tout. Mais au bout d'un moment, il a fini par tomber le masque et remuer ses antennes, comme s'il sondait sa nouvelle situation. Au diable le mimétisme : il risquait peut-être sa peau, il fallait se mettre au boulot. Impossible d'avoir de l'empathie pour lui, il n'avait pas les grands yeux languides d'un chiot. Pourtant, le geste de mon père semblait interrompre quelque chose, avec une gratuité, du reste, qui ne lui appartenait pas : d'ordinaire, il observait en restant à l'écart. Il n'interagissait pas plus qu'il ne cherchait à se mettre en avant. Pour finir, j'ai pris le bol et je l'ai remis à sa place. Avec la même serviette en papier, j'ai ramassé cet invité particulier et je l'ai laissé tomber dans un pot. Mon père a souri.

— Comme tu es émotif, a-t-il dit.

Aujourd'hui, le conteneur est le laboratoire pour mes miniatures, Matteo Lorenzi serait fier de moi. Le bureau est l'établi, l'étagère en acier accueille les œuvres les plus réussies. L'armée de Laura a désormais pris corps, c'est un bataillon compact qui la photographie dans sa nouvelle vie : Laura attendant le métro en anorak noir et écharpe jaune. Laura au milieu des gens, avec une jupe en jean et des tongs. Laura absorbée, en proie à ses trous noirs qui la catapultent parfois loin du monde… Je la redessine ici, dans le lieu où elle a été prisonnière.

Si je le disais à Naima, peut-être qu'elle me ferait interner. Elle ne comprendrait pas. Elle continue à me parler d'exposition sociale, elle veut me savoir en train de me promener au bord de la mer, en boîte de nuit, effrontément plongé dans les mondanités. J'invente des soirées, des histoires d'une nuit. Je déballe tout ça avec tant de naturel que l'espace d'un instant j'y crois moi-même, je me crée de faux souvenirs sur mesure pour elle. Je parle de jeunes filles avec un goût pour le macabre qui viennent commander à boire à côté de moi au comptoir des bars. Je parle de femmes à la quarantaine bien tassée qui connaissent l'avanie de mon histoire : ce genre de père, mais un beau compte en banque – dans la petite ville, les bruits courent. Je raconte des histoires si absurdes qu'elles se passent d'explications, de sorte qu'elles paraissent vraies.

Ce que je ne dis pas, c'est que j'ai investi dans Laura, il faut qu'elle sauve sa peau. Elle n'a pas de temps à perdre. Ou peut-être qu'elle a justement besoin de ça : en gaspiller un peu, de son plein gré. Rester dans sa chambre et ne rien faire, avec une musique de fond. Comme dans le conteneur. Mais c'est elle qui décide. Si elle veut sortir, il lui suffit de mettre ses chaussures. Même se jeter du quatrième étage, c'est une éventualité. La liberté peut vous confronter à un éventail d'hypothèses inattendues.

Pendant le procès, l'accusation soutenait que mon père choisissait les fillettes entre autres parce qu'elles étaient incapables d'accomplir ce geste : le suicide. Ou du moins, à la table à laquelle il jouait, il misait beaucoup sur cette carte. Quand Martini m'a rapporté ce fait, j'ai tout de suite revu ses yeux couleur cendre sur le phasme : "Voyons ce qu'il fait." Peut-être que sa perversion est tout entière contenue dans cette phrase. Alors je me sens piégé : en se faisant capturer, il a mis une cloche en verre au-dessus de moi. Il avait calculé ça aussi ? Je suis sa dernière expérience ?

Milan est immense. Le stationnement me rend fou ; tout me rend fou. Les gens ne me voient pas, l'invisibilité est un pain quotidien : je la recherche mais, le long de ces rues, elle confine à l'inhumain. Laura est un éclat de lumière dans ce va-et-vient sinistre de gens affairés. À ses yeux, tout est nouveau, elle s'étonne des panneaux publicitaires, des immeubles. Sortie d'un tunnel de quatorze ans, elle ne s'est pas terrée dans une autre cage. Celle par exemple de la famille, ou seulement de son esprit. Ce qui aurait été compréhensible : un havre de paix pour oublier les privations d'une captivité qui a duré plus de la moitié de son existence. Être rééduquée à vivre, ça ne doit pas être facile. Mais Laura est forte. Et Francesca est une bonne thérapeute.

Vu ma charge de travail écrasante, on a opté pour une séance par mois. Son cabinet est beau, on se sent chez soi. La première fois que j'y ai mis les pieds, je regardais partout, je jaugeais même les tableaux, les bibelots, l'odeur. J'ai dû lui paraître assez nerveux et obsédé par le contrôle, ce qui jouait en ma faveur. J'ai énuméré une série de troubles : crises d'angoisse, insomnies, parenthèses soudaines où j'étais englouti par un sentiment d'irréalité ; je me sentais disparaître. Tout était vrai. Travailler dans le secteur pharmaceutique à un niveau élevé, ça peut entraîner d'énormes responsabilités. Avec les tonnes de stress qui en découlent. J'étais toujours en déplacement. Il m'arrivait de me réveiller en sursaut sans me rappeler où je me trouvais ; pendant quelques secondes, je restais là, conscient mais l'esprit totalement vide, ça me coûtait carrément un effort de faire le point sur mon nom (là encore, j'étais loin de mentir). Cette sensation ne s'en allait pas, même après, quand je me reconnectais avec moi-même. Mon petit-déjeuner consistait en un café avec des biscuits et un comprimé de Xanax. Pas de famille. Pas même de petite amie, juste des histoires passagères. Je devais faire un effort énorme pour éteindre mon portable pendant la séance : ça me coupait du reste du monde. Aux yeux de Francesca, j'étais le parfait prototype du bourreau de travail. Ce à quoi beaucoup de gens aspirent.

L'idée, c'était de fouiller cette partie de la vie de Laura et de disparaître dans la nature. Un rendez-vous, deux au maximum. Puis j'y ai pris goût. Francesca n'en a pas idée, mais le fait de lui exposer les maux intérieurs d'un autre moi, c'est comme une suspension, ça m'accorde du répit. Je ne prépare rien, je laisse la vie de ce type me surprendre là, dans le fauteuil de son cabinet. “Comment allons-nous ?”, fait-elle, et je me mets à parler. Je me lance dans le récit improvisé d'un épisode et m'enfonce dans des péripéties qui parviennent à soulever le couvercle de l'enfance. Après la séance, je sors comme neuf dans la rue. Si Naima s'occupe du moi réel, Francesca prend soin d'une projection qui résonne quoi qu'il en soit en moi, allez savoir où, allez savoir pourquoi, au point de me faire marcher pendant un bon moment avec le sourire. Et puis ça me rassure : Laura est entre de bonnes mains.

Je le déduis entre autres de son compte Facebook. Pour sa photo de profil, elle a immortalisé ses All Star d'un blanc sale pataugeant dans une flaque, où l'on entrevoit le reflet d'une ombre. En haut à droite, une cigarette écrasée ; à gauche, une feuille presque réduite en bouillie. Laura prend ce genre de photos :

des détails. Le ciel est un thème récurrent. Il va d'un bleu aveuglant à un gris-violet métallique qui semble fracasser les immeubles. Ses images de couchers de soleil tombent à plat. (Elles font bâiller les cyniques du clavier, qui tiennent à marquer leur distance vis-à-vis des mièvreries. Qu'est-ce qu'ils en savent. On trouve un tas d'individus horribles partout : ils ont une opinion sur tout et se fichent des symboles qui gouvernent une vie. En général, ils écrivent avec plein de points de suspension.) La foule aussi a la cote : images dérobées, souvent floues, au point que les gens n'ont ni contour ni visage, ils fusent et c'est tout. Un coin de rue inutile. L'enseigne d'une laverie avec quelqu'un qui attend à l'intérieur. Le sachet de poulet frit d'un traiteur chinois, ouvert sur ses genoux ; on voit le banc d'un parc. Cinq ans ont passé, mais elle continue à tomber amoureuse du monde. Laura a deux cent soixante-quatre amis.

Parmi eux, moi : nom de guerre Ulto Bear, héros de la D. A. (Deliverance Army). L'image que j'utilise, volée à *Total Invasion 4*, est partagée par des milliers de petits jeunes du monde entier. J'aime bien faire de la pub à mon ami qui a percé en Californie. (Je suis heureux de savoir que Matteo Lorenzi a une femme fantastique et une petite fille nommée Giada.)

La construction d'un profil de nerd qui tienne la route m'a demandé beaucoup de travail. Des mois de partages, de relances et de posts. Les principaux centres d'intérêt d'Ulto Bear sont les jeux vidéo, les illustrations, les BD, les dernières séries télé. Le monde des miniatures. Je publie des teasers, je participe à des discussions. C'est un effort incroyable de tenir tête à ce troupeau de possédés à la réplique toute prête. M'inscrire dans une veine ironique est un exploit titanesque ; arriver au cynisme, ça m'éventre, même si j'y parviens parfois. En peu de temps, j'ai créé un cercle d'amis. Des petits jeunes m'écrivent en privé, ils me complimentent sur mes figurines – le plus souvent, ils commentent à ciel ouvert en disant que je me débrouille bien, puis ils me donnent mille conseils inutiles. Que j'accepte en les remerciant. C'est drôle de voir la levée de likes suscitée par les pirates et les petits monstres que j'assemblais il y a vingt ans. Les maquettes font moins sensation. Je pille le mur de mon vieux camarade d'école : comme il vend aux jeunes, il est super-actif sur les réseaux sociaux et toujours informé des nouveautés du secteur, il lance des scoops qui font baver les geeks ; peut-être qu'il est aussi payé pour ça. Sa page compte plus de trois cent mille followers : une star. Je vole des trucs partout. Je publie. La seule règle, c'est : ne jamais aborder la sphère privée. Me jeter dans une cavalcade émotionnelle, c'est une tentation permanente, mais je la garde sous contrôle. Tout au plus, j'ouvre un tableur et c'est là que je me défoule.

J'ai fini par me sentir suffisamment lancé : j'ai envoyé la première demande d'amitié à l'un des contacts de Laura, un type empêtré dans la science-fiction. Il avait surtout une lubie qui était devenue sa mission depuis quelque temps : réécrire le finale de *Lost*, qui l'avait profondément irrité, et comme il avait une immense opinion de lui-même, il estimait avoir les moyens de mettre certains points sur les *i*. Francesco Garrin (alias Altair76). Il se racontait en majuscules, attirant l'attention de tous ceux qui s'expriment sans prendre de pincettes ; il employait même des gros mots, dans ses efforts pour paraître subversif – il y avait des moments où j'avais envie de le serrer fort dans mes bras. Il mettait son blog à jour une fois par semaine. Une page assez fréquentée, où il continuait à brasser de l'air en annonçant la sortie imminente de son chef-d'œuvre, qui avait peut-être trouvé un éditeur courageux. J'ai joué à ce petit jeu pendant quelque temps. J'encensais chacune de ses fanfaronnades à grand renfort de points d'exclamation, sans y croire une seconde. Pendant ce temps, je viralisais. Ulto Bear interagissait avec son mur, donnant souvent le coup d'envoi à de nombreuses passes d'armes. Il arrivait que ça se termine mal. Avec un jeune homme de Bra, d'une vingtaine d'années, on finissait par s'envoyer balader avant de se réconcilier en privé : nouveau contact acquis. Je me rapprochais.

Il ne fallait pas être pressé. Pendant un temps, j'ai fréquenté ce génie incompris. À coups de disputes et d'échanges d'opinions, j'ai raflé une autre poignée de profils. J'ai joué en sous-marin pendant quelques semaines : les miniatures (la dextérité que j'ai acquise en épate plus d'un), l'attente trépidante de la nouvelle saison de *Game of Thrones* et des milliers de posts au sujet d'une rumeur sur un projet de film tiré de *Breaking Bad* : info ou intox ?

Je l'ai fait à l'improviste. "Ajouter aux amis." On en avait désormais plusieurs en commun.

Les jours passaient, mais Laura ne m'acceptait pas. Je vivais le portable à la main, je rafraîchissais à tour de bras. Pourtant, elle continuait à accéder à son profil, elle publiait des photos de nuages, de fenêtres, d'éclats de soleil sur le béton (son mur était accessible à tous, un fait qui me donnait matière à réflexion : en était-elle consciente ?). Un matin, je me suis réveillé et j'ai vu parmi les notifications celle que je cherchais : ma demande avait été acceptée pendant la nuit. J'ai attendu l'après-midi pour lui écrire. La première chose à éviter, c'était de passer exactement pour ce que j'étais, un voyeur, et de me faire éjecter au bout d'une semaine. Les mains moites, j'ai tapé ce message privé : "Salut. Merci pour l'amitié." Suivi d'un smiley.

Parfois, j'y pense : est-ce que je suis surveillé ? Vu mes antécédents, peut-être que j'ai un hacker hors pair sur le dos, qui s'est rangé du bon côté et collabore désormais avec les carabiniers. En recoupant les données, il peut reconstruire mes interactions en ligne. C'est un risque que je veux courir. Au cas où je serais démasqué, je le dirais la main sur le cœur : je ne fais rien de mal, ça me garde en vie de jouer les anges gardiens de la fille que mon père a séquestrée pendant quatorze ans. Je me sens responsable. Le sentiment de culpabilité ne disparaît pas, ils peuvent le demander à ma thérapeute. Naima, je veux dire, pas Francesca. Celle de Milan, c'est une autre affaire. La qualité de vie de Laura, c'est mon obsession, il suffit de regarder les étagères en fer, celles du conteneur. Oui, le lieu même où des faits abominables se sont produits. Maintenant, je passe le plus clair de la journée là-dedans, penché sur mon établi. Une forme d'expiation. Une forme de folie. Ils m'ont enfermé dans un bocal : les premiers instants, je suis resté immobile, en essayant de ne pas me perdre. Puis j'ai commencé à remuer mes antennes.

Laura n'a jamais répondu à mon message, mais elle me garde. Moi, je ne m'expose que dans un cas :

les photos de son ombre. Je ne résiste pas, elles m'arrachent un like. Le genre de clics qui me donnent des palpitations.

En épluchant son profil, on n'apprend rien sur elle, pas même la forme de ses mains. Impossible de déterminer quelle tête elle a, de quelle couleur sont les murs de sa chambre. Ceux qui ne la connaissent pas doivent se contenter de silhouettes difformes : longues jambes, profils flous, reflets indistincts. C'est peut-être comme ça qu'elle se voit. Jour après jour, elle devient plus nette. Je l'encourage.

Elle n'écrit rien ; elle ne commente même pas. Photos et chansons. Je me précipite sur ces dernières comme un possédé, j'étoffe mon unique playlist, dont le nom est tout sauf équivoque : "Laura". Sa musique est le fond sonore de chaque journée.

Mais en général, je reste inquiet : fréquenter un réseau social de façon presque anonyme, ça en dit long. Elle n'a jamais publié de photo du garçon qu'elle fréquente depuis quelques mois (son profil à lui est privé). Peut-être qu'ils ont des discussions à ce sujet. À sa place, je me sentirais exclu. Ou pas assez important pour être montré au monde numérique. D'accord, ce qui compte, c'est le rapport réel, physique, fait de regards et de mots, et pourtant, depuis quelque temps cet alphabet-là existe lui aussi, où tout le monde est un peu exposé, pour le meilleur et pour le pire. Ne pas montrer quelqu'un dans cette dimension de votre vie, ça l'élimine d'une partie de vous, même si vous allez dîner avec ce quelqu'un et tout le reste. Qu'est-ce qu'elle lui raconte, à lui ? Qui est-il, d'où vient-il ?

Please, please, please let me get what I want... À la centième écoute, on dirait un mantra, il n'y a plus de mots, la musique a explosé dans une vibration qui parle comme un souffle de vent. Pareil à celui qui est en train de se lever et fait grincer la porte du conteneur. Un orage se prépare, les branches du saule fouettent la tôle. Je ne détache pas mes yeux de mon avorton en fil de fer, j'étoffe la courbe à peine ébauchée d'une hanche. À la lumière de la lampe, je fixe le cliché volé lors de la dernière filature : Laura absorbée, les yeux perdus dans le rien d'une rame de métro, ligne jaune. L'indifférence de tous est un refuge. Il y a des fois où elle s'anéantit au point de louper sa station. Elle ne s'énerve pas ; au contraire, elle sourit toute seule. Elle en laisse passer une autre… Il y a un fracas, la lumière change d'un coup. Là, dehors, une bourrasque s'est précipitée sur la porte de la benne et l'a barricadée. Le *clang* qui suit me coupe le souffle, je comprends aussitôt ce qui s'est passé : sous le choc, la barre verticale s'est abaissée. En m'enfermant.

Le jour de la perquisition, il y avait aussi un mandat pour moi : détention provisoire. À titre préventif, ils ont dit ; en restant à la maison, j'aurais pu falsifier des preuves éventuelles. “Mais quelles preuves ?” demandais-je. Personne ne me donnait l'ombre d'une réponse.

Martini est venu me voir à la via Saffi le lendemain matin, ils m'ont conduit au parloir. Il faisait une tête d'enterrement. Il m'a dit :

— Luca, il faut qu'on parle.

J'ai failli lui rire au nez :

— C'est la moindre des choses.

Ils avaient embarqué mon père avec un morceau d'omelette à l'oignon dans la bouche et en pantalon de pyjama : ils ne lui avaient même pas laissé le temps de se changer. Ses lunettes étaient restées sur la table, sans elles il ne pouvait pas lire une ligne… J'avais moi-même passé la nuit en prison, et je ne savais toujours pas de quoi on était accusés. C'est Martini qui me l'a dit.

J'ai dû écouter l'histoire d'un gang miteux de la Bassa. Trois repris de justice, des cambrioleurs qui dévalisaient aussi les pharmacies mais ne misaient pas plus haut et n'osaient pas s'attaquer aux banques. Ils n'étaient pas très futés : le couteau à la main, la mine patibulaire, par ici l'argent et au revoir. Dans certains cas, une castagne. Dans d'autres, une cavale, quand un petit vieux encore vert, aigri par les journaux télévisés, empoigne son fusil dès qu'il entend un bruit suspect. C'est ce qui s'est passé hier, a dit Martini, dans une petite villa de San Luigi, un quartier résidentiel qui excite régulièrement la convoitise des malfrats. Le signalement a été fait sur-le-champ, on a repéré les chapardeurs sur la quatre-voies. Il y a eu une course-poursuite.

Je dévisageais notre avocat avec les yeux de quelqu'un qui tombe du sixième étage : qu'est-ce que j'avais à voir là-dedans ? Et mon père ? Il a baissé le regard sur la table. Il a toussé deux fois. Puis il a dit :

— J'en viens à la partie difficile.

En suivant ses paroles, j'ai imaginé une voiture volée filant à deux cents à l'heure. Les carabiniers avec leurs gyrophares juste derrière, comme des loups. Les délinquants finissent quand même par comprendre que s'ils restent sur la quatre-voies, ça les mènera tout droit aux menottes. Ils prennent la première sortie qui se présente, et ça continue sur la départementale, un enchevêtrement de routes plus ou moins grandes, mais à découvert. Pour avoir une chance, il faut atteindre le premier bois. Ils prennent un chemin de terre à angle droit en versant presque dans le fossé. (Le soupir de Martini : "Si c'était arrivé, on n'en serait pas là.")

La patrouille perd du terrain, elle est obligée de ralentir à cause du nuage de poussière qui lui tombe dessus. Les fugitifs éteignent leurs phares pour laisser ceux des carabiniers se heurter à un mur de brouillard épais. Qui finit par se dissiper, alors ils appuient de nouveau sur le champignon. Un peu plus loin, ils percutent presque la voiture des voleurs, abandonnée portières ouvertes à l'orée d'une hêtraie. Juste en face d'une petite propriété. ("Pour mémoire : les carabiniers ne les ont pas pincés, ils ont perdu leur trace dans les bois. Mais ils ont trouvé autre chose.")

Dans une cellule en fer, un portable est une chose morte. De plus, je ne bénéficie pas des attentions d'un geôlier. À force de chercher Laura, je l'ai trouvée : je suis devenu elle. À un détail près : personne ne sait que je me trouve là, dans le ventre de mon père.

Je n'ai pas d'outils, je n'ai rien. Je suis au fond des yeux d'une fillette de huit ans. Le souffle court, les monstres dans chaque recoin. La voix se répercute sur les parois en produisant un écho métallique. La lampe est lumière : source de vie. La soif soudaine. Tout est soudain. Six pas en avant, six en arrière : tout le conteneur est là. Au bout d'une heure, les choses se déplacent vers l'essentiel : eau, nourriture. Mais surtout, eau. Puis il y a un fracas : l'orage fait sauter les plombs. L'obscurité me surprend comme une lame de glace. Elle me transperce et je ne respire plus.

LA BOÎTE

Laura sait qu'elle est assez grande pour rester seule au salon, mais la peur ne passe pas. Tous les matins, elle se demande ce qui la fait s'agiter et elle ne se l'explique pas : c'est la peur, un point c'est tout. La pièce change, même de jour, il y a des bruits qu'elle n'entendait pas auparavant. Une fois, dans un film, quelqu'un a dit : "Si on continue à appeler les fantômes, ils finissent par répondre." La pensée suffit et les esprits dressent l'oreille. Alors vous marchez autrement, avec l'idée que quelqu'un en fait autant derrière vous. Vous vous retournez mais il n'y a personne. Une main invisible vous frôle les cheveux. Et vous pouvez toujours essayer de vous répéter que c'était un courant d'air.

Elle a un moyen pour se garder sous contrôle : elle chante. Elle commence doucement, sans les paroles : "M-mmm… M-mmm…" Elle se tient compagnie. Pendant ce temps, elle colorie son cahier de vacances, elle ne quitte pas des yeux les dessins et laisse ses cheveux tomber de part et d'autre, de façon à ne voir que la page. Maman est déjà montée dans sa chambre pour faire le travail qu'elle doit faire. Il sert à joindre les deux bouts. C'est ce qu'elle dit souvent à son mari : "joindre les deux bouts". Chaque fois que ça arrive, il y a des visages en colère, des regards noirs, des murmures qui restent dans la gorge. La petite est là et les parents se réfrènent. Quoi qu'il en soit, inutile de préciser – même un idiot le comprendrait – que tout ce qu'ils cherchent quand ils parlent de factures et d'échéances, c'est à se dire des méchancetés. Ils se passent la mayonnaise mais au lieu que ce soit un geste gentil, on dirait qu'ils se lancent des couteaux. Ils mangent leur dîner avec les veines du cou comme des câbles téléphoniques. À chaque bouchée, ils avalent le poison qu'ils n'osent pas cracher sur la table, puisque Laura est là. C'est comme ça que naissent les brûlures d'estomac, surtout pour son père : une fois sur trois, il termine son assiette, va chercher un flacon dans l'armoire à pharmacie et fait disparaître une pilule avec sa dernière gorgée de vin.

Sa mère fait un travail spécial, Laura le sait et ne doit en parler à personne. Pas même à Martina Cancelli, bien que ce soit sa meilleure amie et qu'elles aient juré d'être comme des sœurs. Parfois, elle y pense : même si elle le voulait, qu'est-ce qu'elle pourrait lui raconter ? “Ma mère s'enferme toute la matinée dans sa chambre. Elle parle au téléphone.” Laura ne sait pas de quoi ni avec qui. Elle doit rester au salon et c'est tout, à la table basse où on fume, avec ses cahiers et la télé à plein volume. Elle peut répondre si on sonne à la porte, pour le courrier, mais s'il y a quelque chose à signer, elle ne laisse entrer personne : elle retourne à l'intérieur et va frapper à l'étage, sans toucher la poignée. Sa mère descend en courant, elle doit se dépêcher. Quand ça arrive, elle est en survêtement.

Elle finit à midi. Au lieu de prendre une bouffée d'air, elle s'enferme de nouveau, cette fois dans la salle de bains. Elle met la musique à fond mais ne chante pas. Laura se trompe peut-être, pourtant il lui semble par moments que sa mère parle toute seule. Elle s'énerve pour quelque chose et en arrive même à pousser un hurlement incontrôlé.

Quand sa mère réapparaît dans le salon, la peur s'évanouit, Laura ne la ressent plus. Et même, au bout de quelques minutes, elle y repense et se traite d'idiote, elle ne comprend pas de quoi elle avait la trouille. Au moins, elle ne prend pas de retard pour ses devoirs de vacances, elle aussi a ses obligations. Le 15 août n'est pas encore passé, mais septembre arrivera en un rien de temps. À la rentrée, elle donnera à sa maîtresse Pina son cahier dûment rempli et récoltera le premier "très bien" de l'année. Même si ça ne lui donne jamais entière satisfaction : la maîtresse Pina les récompense tous de la même manière, y compris les garçons qui laissent les dernières pages blanches. Elle ne s'en rend pas compte, ou alors elle fait mine de rien. Elle jette un coup d'œil, met la note et passe au suivant. Certains de ses camarades peu motivés, qui font la moitié du travail, ont la même note que les premières de la classe. Par exemple Elia Favilli. Un jour, Laura l'a raconté à son père, qui a répondu comme ça :

— Qui fait son devoir fait son devoir. Les autres se font prendre tôt ou tard.

Il a dit ces mots en braquant son regard sur sa femme.

Il y a des matins où le temps s'arrête et où la peur lui coupe presque le souffle. C'est un poids que Laura a du mal à supporter, surtout s'il pleut. Surtout si elle voit par la fenêtre Martina Cancelli tourner dans le petit parc devant chez eux, toute seule ; elle a l'air de s'ennuyer. Parfois, Laura s'aperçoit de la présence de sa meilleure amie, et quand elle lève la main, celle-ci lui répond. Elles échangent un sourire. Puis Martina se met à lui faire des signes : "Viens, juste une minute !" Laura est désolée de lui dire non, au début c'est toujours la lutte entre son amie, qui insiste, et elle, qui écarte les bras : elle doit rester à la maison, sa mère ne veut pas qu'elle sorte, dehors elle ne peut pas la garder à l'œil… Martina Cancelli se met à bouder. Elle s'assoit sur la balançoire, tête baissée, et reste comme ça pendant plusieurs minutes, à gratter le sable du bout de ses sandales. Laura regarde derrière elle, comme si une ombre avait vraiment traversé le couloir en direction de la petite porte sous l'escalier. Son cœur s'emballe. Parfois, elle se rend. Elle regarde l'heure : onze heures et quelques. La télé est à plein volume : qu'elle reste à sa place ou s'envole vers la Lune, ça ne changera rien. Alors elle se décide. Elle va jusqu'à la porte d'entrée et l'ouvre.

La lumière du matin est belle, le soleil la prend au visage, elle a aussitôt l'impression de cuire sur le seuil. Martina Cancelli s'agite et se dirige vers elle. Laura la bloque tout de suite, ses gestes veulent dire : "Reste où tu es, maman ne veut pas de casse-pieds chez nous pendant qu'elle travaille pour joindre les deux bouts !" Mais l'autre ne l'entend pas de cette oreille et s'approche encore. Pour finir, Laura est obligée d'y aller elle-même pour empêcher cette fouineuse de venir. Elles se rejoignent à la clôture, l'une dedans et l'autre dehors. Martina Cancelli ne comprend pas du tout ce qui a changé depuis le début du mois de juin, quand Laura allait au parc sans faire tant d'histoires.

— Tu viens ? demande-t-elle.
Laura répond d'une voix étouffée :
— Je ne peux pas.
Martina Cancelli regarde la maison.
— Pourquoi ?
Laura lève elle aussi les yeux vers la fenêtre de ses parents.
— Parce que je ne peux pas.
— On fait des boules de sable.
Martina Cancelli ne se doute pas que l'estomac de son amie se noue quand elle l'entend dire ces mots.
— Je dois terminer mes devoirs de vacances.
— Je peux entrer chez toi ? On joue au mariage…
— On y jouera plus tard.
— Quand ?
Toujours les mêmes questions.
— Plus tard.
Martina Cancelli baisse la tête.
— Plus tard, je vais à la plage, dit-elle.
Elle aussi a ses problèmes. Ces derniers temps, il y en a un qui s'appelle Ignazio, il est serveur au bar des Bagni Orchidea, où sa mère ne fait que prendre des cafés qui durent trois heures. L'œil de Laura tombe sur la peau bronzée de son amie : quelle tristesse d'habiter dans le golfe et de rester cloîtrée toute la journée, c'est un fardeau qu'elle ne vit pas bien. Martina Cancelli l'étudie.
— Ils t'ont dit de ne plus me parler ?
Martina est méchante, elle serre sa meilleure amie à la gorge. Mais à ses yeux, la méchante, c'est Laura. Qui est pourtant au bord des larmes. Elle pense à la fois où elle était là comme une souris en train de bavarder quand un courant d'air a fait claquer la porte. Elle a dû faire le tour et passer par le garage.

L'idée d'y remettre les pieds toute seule la fait mourir. Elle dit :

— Tu sais, ma mère elle fait un travail spécial.

— Elle parle avec des extraterrestres ?

Laura souffle. Si seulement.

— Je ne sais pas.

— Juste deux minutes.

C'est difficile de toujours dire non à votre meilleure amie, surtout si vous avez juré qu'elle était comme la petite sœur que vos parents, il n'y a pas très longtemps, paraissaient sur le point de vous donner. Puis il n'en a plus été question. La faute aux deux bouts, qui ont tout à coup cessé de se joindre à la fin du mois.

Le quartier 167 Ouest est isolé de tout, on ne sent même pas qu'on vit à la mer. L'été, les immeubles se remplissent de vacanciers et pourtant, le jour, c'est comme habiter un désert : ils s'entassent tous sur les plages. Il existe de petits bonshommes qui se lèvent à cinq heures du matin, vont planter leur parasol dans le sable pour s'assurer une place et rentrent chez eux prendre leur petit-déjeuner. Mais ce qui est drôle, ce sont les familles du quartier. Il y en a certaines qui vivent de septembre à mai avec des cartons empilés sur les armoires et dans l'entrée : la belle saison arrive et elles plient bagage en ne laissant que l'essentiel. Elles enlèvent les photos de mariage et d'anniversaire, tout. Elles vont passer l'été chez les beaux-parents, à un autre endroit de la petite ville. Elles se serrent comme des sardines dans quelques pièces, avec la chaleur, les moustiques ; un sacrifice qu'elles font à contrecœur, mais au moins, à la fin de la saison, elles se retrouvent avec les loyers des estivants en poche. Dans certains cas, elles partent même en voyage. Une fois, Laura a demandé :

— Pourquoi on ne fait pas comme les Parisi ?

Sa mère a fait une tête terrible. Elle a regardé fixement la facture d'eau, peut-être qu'elle avait l'impression d'y voir écrits le jour et l'heure de sa mort. Elle n'a même pas répondu à sa fille. En revanche, quand Laura a asticoté son père, elle a obtenu une réponse précise :

— Je me casse le dos toute la journée. Au moins, quand je rentre à la maison, j'ai un minimum l'impression qu'elle m'appartient, et pas seulement à la banque.

Il met un point d'honneur à rester au 35 de la via Bassi.

Les matins où Laura n'arrive pas à dire non à sa meilleure amie, c'est l'aventure, même s'il n'arrive jamais rien de spécial. Le pressentiment d'être découverte transforme les minutes et la fait passer des angoisses domestiques à la vie au-delà du portail, même si celle-ci n'est faite que de chats dormant à l'ombre des haies. Les deux amies vont tout de suite sous les arbres les plus touffus du parc. D'habitude, elles s'assoient un peu à l'écart, sur le tourniquet qui les a vues grandir. Et elles se disent des secrets. Elles finissent par s'ennuyer quand même, parce qu'il n'y a pas grand-chose à faire là où elles sont embusquées, à part écouter les cigales et les voitures qui passent une fois tous les cent ans. Mais au moins elles s'ennuient ensemble. En attendant, Laura surveille l'heure ; elle survole le parc du regard et ne perd pas de vue la porte de la maison, prête à s'élancer si le facteur ou un autre casse-pieds se présente.

Sa mère doit la trouver dans le canapé quand elle descend en peignoir, une serviette sur la tête. D'abord, elle va dans la cuisine, elle s'allume une cigarette. Elle fume appuyée contre l'évier, le regard hébété et perdu dans le vide. Puis elle appelle Laura pour qu'elle l'aide à mettre la table. Parfois, elle remarque l'air bizarre de sa fille. Elle fait :

— C'est quoi, ce petit sourire ?

Et puis par effet miroir, elle en affiche un elle aussi. Pendant un instant, elle redevient la maman que Laura a toujours connue. Mais ça ne dure pas longtemps.

Quand le moment arrive, Martina Cancelli se met à faire des caprices, c'est toujours la guerre entre Laura, qui doit s'en aller, et elle, qui ne veut pas rester seule. Elles font des pactes, d'abord de deux minutes, puis de quarante secondes, de vingt… Ou bien elles en viennent à se quereller. Martina Cancelli se sent abandonnée et croise les bras, elle boude. Elle ne comprend pas que ça ne dépend pas de Laura. Elle ne veut pas le comprendre. L'idée de replonger dans la solitude puis dans un après-midi sans fin aux Bagni Orchidea lui ôte le sourire. Elle a des accès de rage.

— Tu ne penses qu'à toi. Sympa, comme sœur.

Alors Laura sent son visage brûler : c'est Martina qui ne pense qu'à elle. Elles poursuivent ainsi, et entre-temps les aiguilles continuent à tourner. Jusqu'à ce que Laura ne puisse vraiment plus attendre, dispute ou pas : elle se lève. Mais sa meilleure amie ne veut pas lui laisser le dernier mot : elle s'écarte du tourniquet et part en courant, tête baissée, comme pour dire : "Ce n'est pas toi qui t'en vas. *C'est moi.*" Elle la plante là, écartelée entre le désir de faire la paix tout de suite et l'angoisse d'être découverte. Laura ne hurle même pas une phrase dans son dos. Elle se défoule en tapant du pied par terre. Elle grogne entre ses dents : "Quelle idiote !" Puis elle traverse le parc toute seule, en veillant à passer sous les arbres. Là où il y a de l'ombre. Où personne ne peut la voir.

Le docteur ne parle pas, Laura essaie de se redresser, mais il lui pose une main sur la poitrine. Ça veut dire : "Ne bouge pas, il faut que tu te reposes." Le docteur regarde la fillette en entier, d'un seul coup d'œil il voit ce qu'il a besoin de savoir. Laura se sent comme un caillou tellement elle est fatiguée. Pour bouger un bras, elle doit concentrer toute son attention dessus et ça ne donne pas grand-chose. Elle voit les objets qui l'entourent émerger d'un nuage, elle déplace ses yeux et les murs sont aussitôt ravalés par la brume. Dans sa bouche, elle a un goût amer, c'est drôle de le sentir qui lui chatouille aussi l'intérieur du nez. Et puis son visage est brûlant. Ça la picote de partout.

Comme la fois du croissant à la confiture de griottes : l'instant d'avant, elle est avec sa mère à la buvette du marché et celui d'après, elle se retrouve avec un type au-dessus d'elle, un visage barbu qui n'arrête pas de répéter : "Choupette, tu m'entends ?" C'est comme ça que l'anémie a commencé – quel ennui, les ampoules de fer et les steaks de cheval qui lui retournent l'estomac rien qu'à les regarder dans son assiette, et son père qui a toujours quelque chose à redire : "Avec ce que ça coûte." Et Laura les avale deux fois de travers.

Alors que ce pédiatre, là, il ne dit pas un mot. Il émerge des voiles que Laura a l'impression d'avoir aux coins des yeux puis il y disparaît de nouveau. Il arrange l'oreiller. Il touche un machin qu'on a mis au cou de la fillette. Elle voudrait dire : "Où est maman ?" Mais les sons qui sortent, elle-même ne les comprend pas, ils résonnent dans sa tête comme les petites complaintes qu'elle chante contre les fantômes.

Le pire, ce n'est pas de devoir se réveiller de ce sommeil qui la tient clouée au lit : Laura a été découverte. Elle essaie d'y penser, mais ne se souvient pas d'avoir traversé le parc et la rue, ni d'avoir refermé le portail. Elle est tombée avant, peut-être même qu'une petite vieille sur le trottoir a eu une attaque en la voyant. Et puis sa mère aussi, qui a dû arrêter de téléphoner, alors que les deux bouts continuent à ne pas se joindre.

C'est la faute de cette meilleure amie qu'elle a. Elle s'en va en la laissant avec une brique à la place de l'estomac. Des bouchées de poison que Laura a du mal à avaler, comme son père à la fin d'un dîner avec les yeux dans son assiette. Entre l'anémie, la colère, les esprits et les factures qui contrarient tout le monde, parfois elle s'éteint. "C'est aussi une question d'émotivité", a dit le médecin barbu de l'autre fois, alors qu'elle s'était déjà redressée et suçait un bonbon.

Celui d'aujourd'hui, il est trempé de sueur. Il se penche sur la fillette pour ajuster on ne sait quoi et des gouttes tombent de son nez sur son visage à elle. Dont une carrément sur ses lèvres ; elle a un goût salé. Laura voudrait ne pas le faire, mais elle n'arrive pas à s'en empêcher : elle l'avale, et c'est comme si plein d'engrenages dont elle ignorait l'existence se mettaient en mouvement à l'intérieur d'elle. Un rien de salive passe dans sa gorge en raclant fort, comme une poignée de gravier.

Elle finit par le comprendre : elle a soif, mais elle ne sait pas le dire. C'est plutôt le docteur qui devrait s'en rendre compte. Il n'assure pas vraiment. Il s'en prend à des garrots qu'il serre un peu, même s'ils ne font pas mal, Laura a l'impression que la peau n'est pas la sienne. Elle ne regarde pas : les aiguilles de la perfusion ou des prises de sang lui font battre le cœur. Tout ce qu'elle veut, c'est rentrer chez elle et ensuite retrouver Martina Cancelli, protégée par la barrière, pour lui dire que les meilleures amies, c'est autre chose que ça. Et pour rompre le serment des sœurs, quitte à rester seule. De toute façon, c'est pareil.

Il ne regarde pas, alors Laura fait pareil. Elle reste face à la tôle mais sans la toucher parce qu'elle est brûlante. Elle ne se retourne que quand l'homme sort en emportant la poubelle. Elle voit la lumière qui vient de la porte de la grande pièce. Au début, c'est juste un rectangle blanc, où la silhouette devient de plus en plus fine jusqu'à disparaître. Puis ses yeux s'habituent, elle reconnaît les choses. Un bout de la maison, par exemple, la gouttière. Et quelques arbres, après un peu de jardin et une clôture. Plus loin, rien, même pas une construction, la courbe d'une colline. Juste des champs. Le ciel. Quelques oiseaux de passage. Le bruit de l'eau qui clapote dans les seaux. Une toux. Il revient et la fillette lui tourne de nouveau le dos.

Ça n'a servi à rien de faire la folle, de s'arracher les cheveux, de hurler, de donner des coups de pied dans la paroi de métal. Elle lui a tout jeté à la figure. Un jour, elle s'est mise tellement en colère qu'elle a renversé les seaux des besoins. Lui, il a regardé leurs contenus immondes se mélanger. Il avait l'air ahuri, comme un attardé. Puis il est parti, en se fichant des glapissements : il a fermé et c'est tout. Une minute plus tard, elle a entendu le moteur qui démarrait. Et les roues, qui ont fait comme toujours crisser le gravier.

Pour lui enseigner les règles, il utilise cette méthode : rien. Il laisse Laura mariner dans son jus. Si elle casse quelque chose, ensuite elle ne l'a plus. Si elle jette la nourriture par terre, il ne se fâche pas : il laisse les vers s'y développer, avec la puanteur qui ne tarde pas à s'élever à cause de la chaleur. Comme pour les besoins. Il l'a fait rester dans cette horreur pendant deux jours. Laura allait s'asseoir sur les seaux et pataugeait dans cette fange ignoble. Il ne lui a pas suffi de mettre des mouchoirs en papier dessus pour cacher le plus gros.

Quand il arrive, il apporte pour commencer une bassine d'eau, avec une éponge et du savon, des vêtements de rechange. Une brosse à dents. Il pose tout ça par terre, au pied du lit, et s'en va. Elle doit tirer parti des minutes qui suivent sans perdre de temps. Sa peau semble plus assoiffée qu'elle : Laura touche la mousse et ça la réveille de la somnolence, des heures d'abandon. Elle se dépêche, car elle ne veut pas être vue nue. Lui, il se fiche de savoir à quel point elle est arrivée : il revient et fait tout disparaître, que la fillette ait son tee-shirt ou non. Puis il prend la poubelle. Il range les paquets de biscuits, les bouteilles d'eau. C'est comme ça que Laura comprend combien de silence la sépare du prochain retour de l'homme : plus il y a de courses, plus il y aura de solitude.

Au début, elle comptait les jours, puis elle s'est sorti cette idée de la tête : de toute façon, ça ne les empêche pas de passer. Elle bouge lentement, elle a des croûtes à cause du collier, un rien suffit à les arracher. Une fois, elle l'a dit, il a fait mine de rien. Puis il est revenu avec de la gaze et de l'eau oxygénée. Laura s'est laissé soigner. Ce sont les seuls moments où il la touche : quand il doit lui mettre un sparadrap ou lui effleurer le front pour voir si elle a un soupçon de fièvre. La fois du collier, il y a eu un moment où Laura aurait pu prendre les ciseaux et les lui planter dans un œil. Peut-être qu'il les avait laissés exprès sur le lit, bien en évidence, pour la mettre à l'épreuve. Il lui tend ce genre de petits traquenards ; il grogne de satisfaction quand la fillette réussit l'examen. Cette fois-là, le test était facile, Laura avait digéré cette idée depuis longtemps : lui faire du mal, ça ne sert à rien, c'est quelque chose qui se retournerait contre elle. Si l'inconnu meurt, elle meurt aussi. Mais après des heures et des jours au milieu de la puanteur des seaux. Le type a mis en place un sortilège particulier : il la garde prisonnière. Et Laura doit prier pour qu'il ne se fasse même pas une entorse, si elle veut tenir jusqu'à la semaine d'après.

Il lui apporte toujours des cadeaux. Laura ne les regarde que quand tout bruit a cessé et qu'il reste une sensation de surdité dans la pièce, où tout est ouaté, à part le bourdonnement du ventilateur. Elle fait attention à ne pas bouger d'un centimètre ; le silence qui s'abat sur elle est une sorte de pont entre une respiration de lumière et la solitude qui se prolonge parfois pendant des jours : le faire durer est un jeu entre elle et elle. Plus le pont résiste, plus elle reste sur le seuil de la cage, sans y entrer vraiment. Il finit toujours par arriver quelque chose : un maillon de la chaîne se remet en place, les ressorts du lit grincent… Au moindre bruit, c'est l'effondrement, et Laura retombe tout entière dans la pièce.

Elle reçoit des livres à colorier, à lire. Des magazines pour filles plus âgées qu'elle, avec les derniers potins sur les fiancées des acteurs et des chanteurs. Stylos, crayons, pastels… Toutes ces choses, Laura décide de ne pas les toucher, comme elle l'a fait au début pour la nourriture, et comme elle essaie de le refaire de temps en temps. Elle perd toujours : la faim et la soif sont plus fortes. Elle va jusqu'à l'étagère, mâche des biscuits et boit des jus de fruits en se fichant de la défaite. Il revient et voit les emballages par terre. Ça l'agace de trouver ce désordre, mais il n'y touche pas. Il a l'air de lui dire, sans même un demi-regard : "C'est toi qui dois vivre là-dedans." En même temps, il paraît content : Laura a pris ce qui lui a été donné. Les seaux des besoins sont éloquents.

C'est la même défaite pour les cadeaux : une fois passés les accès de désespoir, les minutes restent des minutes. Laura remet les pieds sur terre et les choses n'ont pas bougé d'un iota malgré les pleurs et les prières. Elle finit par s'épuiser, au point qu'elle s'assoupit, pour ensuite rouvrir les yeux en sursaut, et c'est reparti pour un tour. Le trou du fil électrique lui permet de comprendre si c'est le jour ou la nuit : elle va là et soulève le ruban adhésif. Mais pas toujours ; savoir qu'elle est dans le noir, ça lui fait encore plus peur, même si la pièce demeure la même. Et puis la chose la plus incroyable, après toutes ces heures de découragement, c'est que l'ennui arrive. Elle y pense comme à un lac immobile, où rien ne se passe, pas un frétillement de poisson, pas une ondulation à la surface de l'eau, rien. Elle aussi devient comme ça. C'est à ces moments-là qu'elle commence à regarder les cahiers.

Ils ne sont pas différents de celui pour les vacances qu'elle a chez elle : exercices et jeux. Points numérotés à relier. Devinettes de mathématiques. Elle se concentre sur celles-ci et, pendant un certain temps, ne pense à rien d'autre. Elle va regarder la solution et ça l'énerve de voir qu'elle n'a pas trouvé la bonne réponse. Les pages des questions, qu'elle finit presque toujours par couvrir de ratures, sont aussi celles qui lui plaisent le plus, parce qu'elles lui tiennent compagnie, avec les petits rouages qui tournent dans toute cette stagnation. Si elle racontait ça à l'école, ils ne la croiraient pas.

Les cahiers griffonnés disparaissent quand il s'en va. D'autres apparaissent sur le bureau. C'est aussi pour ça que Laura ne voulait pas lui accorder cette victoire au début : il joue au maître d'école, comme s'il devait lui attribuer une note. Si elle fait sa leçon, elle reçoit un extra en guise de cadeau la fois suivante : des chocolats, des figurines, une nouvelle trousse. C'est comme ça que Martina est arrivée.

C'est la seule à qui elle parle. Elle a des tresses blondes et cligne des yeux. Si Laura appuie sur le bouton qu'elle a sur la main, elle dit : "Je t'aime." Ou bien : "J'ai faim." Ou encore : "Maman, garde-moi avec toi." Laura ne le fait presque jamais. Le bouton qui l'intéresse, Martina l'a sur le torse, sous sa petite robe mauve. Il suffit de le maintenir appuyé et de parler : la poupée répète tout d'une voix contrefaite.

Parfois, Laura lui raconte des contes de fées, elle les invente. Et Martina les lui redit par bribes.

Elle pense à ses parents. Elle les appelle de toutes ses forces, mais le fer est épais, il garde tout à l'intérieur. Quand il y a de l'orage, on dirait que mille fous se mettent à frapper la pièce, au bout de quelques minutes c'est un vacarme qui entre dans les os, impossible d'ouvrir les cahiers ou de chuchoter sur le torse de sa nouvelle amie. Laura doit se recroqueviller les mains sur les oreilles et dire des comptines afin de faire résonner sa propre voix dans sa tête et d'effacer le tohu-bohu extérieur. Ou alors elle repense à sa vie d'avant. Parfois, elle y arrive si bien qu'elle tombe dans un demi-sommeil. Elle revoit des moments précis, peut-être justement pendant l'un de ces dîners qui se transformaient en disputes à partir de rien, il suffisait qu'une goutte de vin tombe sur la nappe et les choses qu'elle mettait dans sa bouche devenaient aussitôt du ciment. Puis elle sursaute et se retrouve là. Se surprendre à penser aux instants tristes pour se sentir mieux, ça fait exploser des bombes dans son ventre. Surtout quand elle se rend compte que le visage de sa mère s'est estompé. Celui de son père, c'est encore pire, il lui apparaît comme un dessin délavé. Ça ne sert à rien de rêver d'eux : elle continue à les perdre.

Peut-être qu'ils la cherchent encore. Ou alors ils ont baissé les bras en voyant qu'elle ne revenait pas. Entre-temps, le ventilateur a disparu, il y a maintenant deux tricots de peau, ainsi qu'un pantalon de pyjama. Et une couverture légère. Et des chaussettes, mais Laura ne les met pas.

Elle dit à la poupée les noms de ses camarades de classe, imite un peu la maîtresse Pina quand elle fait l'appel : “Balducci, Boldrini, Cancelli, Favilli, Finamore, Giovani, Marchi, Melandri…” Et ainsi de suite, jusqu'à Villoresi. Martina répète. Laura ferme les yeux, et tout à coup explose : “Présente !” Elle voit tout : elle-même, avec sa blouse, au premier rang. Elle sent l'odeur des gommes et des crayons fraîchement taillés. Sa meilleure amie devient écarlate en regardant vers la gauche, où Mirko Tani fait un peu l'andouille en lançant des boulettes de papier mâché avec un bic qu'il utilise comme sarbacane.

Des cahiers de plus en plus difficiles font leur apparition. Il y a des problèmes qui la rendent folle, par exemple celui de la barrière :

> Un agriculteur doit clôturer son champ. Chaque jour, il plante 1 piquet, tandis que son fils en plante 3. Tous les dimanches, un ami aide le fermier et plante 2 autres piquets (mais seulement le dimanche !). Sachant qu'il faut 50 piquets pour clôturer le champ, combien de jours faudra-t-il à l'agriculteur pour terminer son travail ?

La page des solutions a été supprimée, arrachée avant d'arriver dans la pièce. À présent, c'est autre chose de donner la réponse. Laura trace un signe, et c'est sans appel : elle s'est trompée ? Elle n'était pas loin ? Personne ne le lui dit. Elle le comprend seulement si un pot de Nutella avec une image de Schtroumpfs apparaît sur l'étagère. Ou rien. Au lieu de jus d'abricot, elle se retrouve avec de l'eau à boire et c'est tout. Même pas gazeuse si elle a vraiment été un cancre.

Le fer froid augmente le froid. Laura porte une écharpe de laine épaisse sous son collier et trois paires de chaussettes. Sur le bureau est apparu un petit arbre en plastique à décorations intégrées : des boules rouges et bleues. Et un calendrier de l'Avent en bois avec des tiroirs numérotés. Quand il est arrivé, les deux premiers étaient déjà ouverts et il y avait un caramel au lait dans chacun. Laura a compris la date : le 3 décembre. Ce joli objet fait penser à quelque chose d'ancien, à un foyer. Mais à la place d'une cheminée crépitante, il n'y a que le petit radiateur électrique avec lequel elle parle presque, de fait il est toujours tout près d'elle. Décembre. Quand elle y pense, elle sent un gouffre qui l'aspire : quatre mois. Depuis quelques jours, les crises de désespoir sont revenues. Elle a même eu de la fièvre.

Elle l'a gardée et c'est tout, avec ces moments de somnolence sans queue ni tête qui lui donnaient la nausée, mais au moins grâce à ces délires elle se voyait dans sa chambre de toujours, avec sa mère à son chevet, en train de lui mettre des compresses sur le front. "J'ai fait un mauvais rêve", disait-elle. Et sa mère, avec son sourire de quand elle est contente : "Maintenant repose-toi." Elle a rouvert les yeux : elle avait Martina avec elle, sous les couvertures trempées de sueur. Elle a appuyé sur son torse.

— Tu n'es pas seule, a dit la poupée.

Laura ne se souvenait même pas de l'avoir murmuré.

La dernière fois, tandis qu'il vérifiait l'étagère, elle a demandé :

— Je vais devoir rester ici pour toujours ?

D'habitude, il prend des notes dans un calepin qu'il tire de sa poche, comme s'il marquait les courses à apporter la prochaine fois.

Silence.

— Je suis anémique. Maman me faisait prendre des ampoules qui ont un goût de rouille.

Il s'est interrompu mais sans quitter les étagères des yeux. Puis il a poussé un gros soupir et a écrit quelque chose. Il est allé au bureau, a pris les derniers cahiers et les a mis sous son bras.

— Comment tu t'appelles. Pourquoi tu me gardes ici.

Lui tournant le dos, il est sorti en quelques enjambées. Un instant plus tard, la grosse porte a claqué.

Les provisions de Noël sont des paquets sur des paquets. Bocaux, sachets de biscuits, oranges, noix, filets de mandarines. Il y a même une chaussette de la Befana*. L'eau, le lait et l'orangeade forment des colonnes. Chaque carton que Laura voit arriver fait bondir son cœur dans sa poitrine : tellement de jours. Seuls les cahiers qui pleuvent sur la table la réconfortent : les exercices lui tiendront compagnie. Trois lots de piles, comme ça Martina ne restera pas muette. Et puis un paquet avec un ruban rouge.

Cette fois, le jeu du silence ne dure pas longtemps. Quand les roues de la voiture font crisser le gravier, Laura se précipite. D'après le calendrier de l'Avent, on n'est que le 22 décembre, mais elle est

* La nuit précédant l'Épiphanie, cette vieille sorcière typique du folklore italien est censée déposer dans les chaussettes des enfants des friandises s'ils ont été sages, du charbon dans le cas contraire.

trop curieuse, si c'est un piège pour mettre sa patience à l'épreuve, elle s'avoue tout de suite vaincue.

Un baladeur. Bleu, de dernière génération. Pas la peine de l'ouvrir pour retourner la cassette à la fin d'une face, il repart tout seul. Il y a aussi un bouton pour le mode radio. Laura l'essaie tout de suite, mais le fer de la cage fait bouclier, le signal est faible. C'est une friture générale d'où jaillit par intermittence une voix spectrale qui lui donne le frisson au lieu de la rassurer.

Les dossiers sont très nombreux. En plus des exercices habituels, il y a de petits fascicules. Laura ouvre tout de suite celui des *Histoires racontées*, avec sa cassette bien en évidence. Il y en a deux à écouter et à suivre dans le livret : *Les Habits neufs de l'empereur* et *Le Joueur de flûte de Hamelin*. Elle appuie sur le bouton. Une musique de conte de fées part aussitôt. Une voix répète le titre – c'est la première qu'elle entend depuis tellement de mois, ça lui coupe le souffle. Puis : "« Il faut le dire à l'empereur ! hurlait le chancelier. Il n'y a plus un seul sou dans le coffre-fort… »" Les grosses larmes estompent un peu la cage. Laura prend la chaussette de la Befana et l'emporte avec elle sous les couvertures. Elle enfonce un réglisse dans sa bouche. Martina est allongée à côté d'elle, les yeux clos. Alors Laura ferme aussi les siens, tandis que le souverain se plaint sans arrêt de ne pouvoir recevoir personne. D'après lui, il n'a même pas une guenille décente à se mettre, bien que les armoires royales soient pleines à craquer. Il n'y a pas d'autre solution : augmenter les impôts et, avec les recettes, se faire confectionner un habit neuf…

Elle appuie sur STOP et répète : *"My name is."* Mais elle ne le dit pas pareil que la voix féminine sur la cassette. Elle essaie de se réécouter par le biais de Martina : *"My name is."* Elle remet les écouteurs du baladeur, entend de nouveau : *"My name is."* Rien à faire, c'est une autre planète.

Tous les tiroirs du calendrier de l'Avent sont grands ouverts depuis des jours. Peut-être trois. Peut-être cent. La poubelle est pleine, Laura est obligée de tasser les papiers et les emballages en plastique pour que tout y entre et que le couvercle ferme comme il faut.

Parfois, des hélicoptères passent. Ou bien il y a la déflagration d'un avion filant à basse altitude, de ceux qui semblent briser le ciel. Laura retient son souffle. Le fracas se perd Dieu sait où et la laisse là. C'est l'un des deux moyens qu'elle a de sentir que le dehors est encore un endroit fait de gens. L'autre, c'est la radio. Elle s'est aperçue qu'en se tenant dans le coin au fond du lit, elle arrive à capter une fréquence, bien que le crachotement persiste et que les voix deviennent par moments un croassement de robot. Et puis elle doit rester immobile, il suffit d'un éternuement pour tout gâcher. C'est super d'écouter les cassettes, mais les piles s'usent vite. Il n'en reste plus qu'une sur le bureau.

Ils parlent beaucoup dans cette émission. Il y a aussi les nouvelles. Quand le jingle retentit, c'est un coup dans le ventre : "Peut-être qu'ils vont parler de moi", pense-t-elle. Ça n'arrive jamais. Elle écoute les flashs d'info sur la circulation du *Grande Raccordo anulare** (elle ne sait même pas ce que c'est), les

* Le périphérique de Rome.

pubs pour les yaourts. Et puis il y a les appels en direct : Silvia de Florence, Gianni de Bari (elle ne sait même pas où c'est). Des gens qui existent et qui parlent au moment même où elle écoute. La vérité, c'est qu'elle attend surtout les chansons. Martina lui jette un regard sévère. Avec ses grands yeux bleus, elle dit que Laura doit être plus disciplinée, qu'elle risque d'être condamnée au silence.

C'est pareil pour la nourriture : souvent, elle mange par ennui. Les bouteilles de jus d'orange sont vides depuis longtemps, car elle n'a pas touché à l'eau pendant plusieurs jours. Peut-être que ce n'est qu'une idée, mais elle a vraiment l'impression que le collier est plus serré qu'au début. Martina dit, sans le dire : "C'est comme dans ce conte de fées, là. Un jour, ils viendront te prendre, bien engraissée comme il faut, et ils te passeront à la broche. Voilà à quoi tu sers."

"I am. You are. He is. She is. We are…" On dirait une prière : à force de la répéter, elle ne signifie plus rien.

Deux jours ont passé depuis l'orage, c'est le trou par où passe le fil de la lampe qui le dit. Pas d'écouteurs, pas de Martina. Se déplacer dans le noir, c'est comme ne pas se déplacer, la chaîne cliquette et Laura n'a qu'une hantise : trébucher dans les seaux, faire un magma immonde. Elle marche à tâtons jusqu'à l'étagère, gratte le fond des cartons : tout est fini, même les confitures. Peut-être qu'elle est morte et ne l'a pas encore compris. Le silence et le noir sont si épais qu'elle se sent comme un esprit. Et pourtant, sa principale terreur, c'est ça : elle ne pense plus à ses parents. Quand elle s'en aperçoit, elle prend une grande respiration, cassée en deux, comme quand une grosse vague l'aspergeait soudain à la plage. Elle s'obstine, cherche les scènes qu'elle a gardées si longtemps comme un trésor. Elle s'ennuie vite, sa tête est déjà ailleurs. Un endroit différent de tout, fait de rien : elle qui respire, elle qui est ici. Elle a vu les peurs, elle a pleuré les larmes. Maintenant ça suffit, ça n'a plus aucun goût. Elle se déplace et se cogne, hébétée. Elle est dans une sorte de rêve, elle existe sans exister. Même le crissement des roues semble provenir d'une autre dimension. Il y a le bruit métallique de la porte. Le rectangle blanc s'ouvre en grand. Le soleil et l'air glacé entrent. La lumière la surprend debout à un endroit de la pièce alors qu'elle se croyait ailleurs. La première chose, c'est une décharge d'épingles qui la traverse de la tête aux pieds. Elle ouvre la bouche, aspire l'air, comme si elle n'avait respiré jusque-là qu'à travers une paille. Quand elle regarde ses mains, elle ne les reconnaît pas. Elle a la sensation de les voir se réduire en cendres à l'instant.

Le Journal de Jean la Bourrasque, *Les Aventures de Pinocchio*, *L'Île au trésor*. Il en est arrivé un nouveau : *Le Baron perché*. Martina l'a écouté en entier, du début à la fin. Elle dit : "Encore." Alors Laura se remet à lire depuis le début.

Elle le regarde, affaissé par terre, gémissant. C'est un vieux, peut-être même qu'il l'attendrit, bien qu'il la traite comme une bête enchaînée. Il se désespère, il ne comprend pas, ne trouve pas de solution… Laura serre Martina dans ses bras et voit l'homme gratter à la porte : alors qu'il la tirait derrière lui, un coup de vent l'a poussée, il y a eu un drôle de bruit sourd. Le déclic de toujours s'est produit, avec lui à l'intérieur. Maintenant, elle l'observe en train de s'en mordre les doigts, de se battre contre ce mur en fer. Il respire fort. Il marmonne des choses que Laura ne comprend pas.

Elle pense : "Tu es pris au piège que tu as préparé pour moi. Quel effet ça fait ?" Il enlève ses lunettes. Il gémit comme un petit animal. Vu du fond du conteneur, c'est presque amusant. Tout à coup, il se met en colère, donne un coup de poing à la tôle. Puis il se jette à terre, le dos contre la paroi. Il fouille ses poches, compte dans sa paume les pièces de monnaie, une clé, allez savoir quoi d'autre. Tout est inutile. Il lance un coup d'œil aux provisions : il ne manque rien. Les seaux sont propres. Laura bouge à peine, elle appuie par mégarde sur la main de la poupée, dont la petite voix pleurnicharde résonne dans la pièce : "Je t'aime."

C'est désormais clair : personne ne viendra les sauver. Ses prières ont été exaucées à moitié : l'homme mourra. Sauf qu'il arrivera la même chose à Laura, mais elle le décide d'emblée : elle ne pleurera pas une seule fois.

Elle ne lui parle pas, ça lui paraît une arme. Elle est contente de comprendre qu'elle est mieux préparée au désastre que lui. Elle le regarde respirer rapidement, il essaie de se calmer. Et il ne renonce pas : en s'accrochant au fer, il se remet sur pied. Il étudie la fermeture, les jointures. Il donne des coups d'épaule en différents points de la porte : rien. Ses soupirs font de petits nuages. Il lui échappe peut-être quelque chose qui ressemble à "nom d'un chien…". L'œil de Laura tombe sur son alliance : il a une femme. Elle est vivante ? Elle sait ce que fait son mari ? Ils ont des enfants ? Comment ils s'appellent ? Peut-être que là, dehors, il y a quelqu'un qui l'attend, lui aussi.

C'est un spectacle inédit, dont Laura jouit depuis son petit lit, comme au cinéma. L'homme retire sa grosse veste et la pose sur le petit meuble à l'entrée, que la fillette ne peut pas atteindre à cause de la chaîne. Il a une belle chemise ; il déboutonne ses poignets et, malgré le froid glacial, retrousse ses manches. Il desserre son nœud de cravate, comme si l'air lui manquait déjà. Il faut qu'il réfléchisse. Puis on dirait que les bras lui en tombent : il n'y a pas de prise, de fissure. Peut-être que Laura devrait se laisser aller au désespoir comme le premier jour, se casser les jointures des doigts, donner des coups de tête contre le métal pour s'endormir. Au contraire, elle est calme. Pour une fois, c'est lui que les monstres dévorent. Elle est l'un d'eux, ça lui fait venir l'eau à la bouche de le dépecer avec son silence. L'homme cache son visage dans ses mains, ses épaules ont des soubresauts. Il est tellement effrayé qu'il a l'air d'un fou. Il découvre son visage. Au lieu de pleurer, il rit à gorge déployée. Laura se demande ce qu'on retrouvera d'eux dans cent ans. Lui, il continue à se tordre de rire. Jusqu'au moment où il fait ceci : il effleure la porte, qui s'ouvre avec le grincement habituel. La lumière du soir entre dans la cage.

Il remet de l'ordre dans sa tenue, boutonne ses poignets, ajuste son col. Avec calme. Il se met même à siffloter. Il enfile sa veste, passe la main dans ses cheveux. Puis il ramasse le cahier et le met sous son bras. La mise en scène est terminée. L'expérience a porté ses fruits. Maintenant, Laura sait deux choses.

La première : si elle veut, elle est prête à se laisser mourir sans en faire une tragédie. La seconde le concerne, lui : il est méchant.

Martina Cancelli vit les choses de la petite ville, du parc de la zone 167 Ouest ; son cœur fait des cabrioles quand Mirko Tani passe dans le couloir pendant la récréation. Allez savoir qui est assis à côté d'elle en classe, maintenant. Peut-être Melandri, cette fille antipathique au visage postillonné de taches de rousseur. Quant à Laura, elle voyage dans une autre direction, plongée de la tête aux pieds dans les aventures de Tom Sawyer, d'Oliver Twist. Elle épie la brûlure des sentiments chez les sœurs March. Elle est assise à l'école avec Bottini, Garrone, Derossi, Coretti*... Le monde qu'elle connaît est tout entier là, sur l'étagère qui est apparue à la fin de l'hiver.

Il y a vingt-trois cassettes de leçons d'anglais, quatre de musique. Vingt-six d'*Histoires racontées*. Et aussi un atlas, avec des cartes qui s'ouvrent en doublant ou triplant la taille des pages. Elle sait où est le Mississippi ; l'Alaska ressemble à une flaque de terre qui embrasse la Sibérie. Parfois, Laura prend la poupée et lui montre du doigt : "Là, c'est d'où je viens." Mais elle ne sait pas lui dire où elles se trouvent maintenant.

Elle lit à voix haute. Ça signifie qu'elle existe encore, même si elle n'est plus qu'une idée estompée. La radio diffuse les chansons qu'écoutent ses camarades de classe après avoir fait leurs devoirs.

* Personnages du *Livre-cœur*, roman pédagogique pour enfants écrit par Edmondo De Amicis en 1886. Il s'agit du journal d'un écolier italien pendant l'année scolaire 1881-1882.

Elles sont toutes un peu stupides, surtout les italiennes : l'amour, l'amour et l'amour. Celles en anglais sont plus amusantes. Laura a un choc quand elle réussit à capter certains mots que la femme des fascicules lui enseigne depuis longtemps. Elle les retrouve aussi dans les livres pour enfants en version originale, qu'elle feuillette souvent en scandant bien les mots. *Around the World in Eighty Days*. Ou bien *Shark in the Park*, dont les illustrations sont magnifiques. Même dans *Bedtime Stories for Little Children*, il y a des pages qui vous laissent bouche bée.

Puis *Le Seigneur des anneaux* est arrivé. Si les récompenses consistaient auparavant en friandises, Laura demande maintenant des histoires. Elle rend ses exercices en un éclair en sachant que le stylo rouge sera inutile : ainsi apparaissent *L'Épée de Shannara*, *Le Royaume magique de Landover*, *Charlie*. La nuit, Martina l'écoute les yeux ouverts.

À la radio, ils ne font que se perdre en bavardages sur le Grand Jubilé. Pâques tombe dans deux jours, le 23 avril. Ça veut dire que ce sera son anniversaire dans une semaine pile. Elle ne veut pas y penser : elle prend le cahier et se dépêche de faire ses rédactions d'histoire et de géographie. Les mathématiques restent son point faible, mais elle n'y peut rien, elle a le cerveau qui fonctionne différemment. Elle n'est pas punie. Au contraire, les livres qui arrivent ne cherchent pas à la pousser dans cette voie. Tout au plus, elle se retrouve avec un nouveau numéro des *Grandes Civilisations du monde antique*.

Laura sait ce qu'elle y gagne : un moyen de contenir la solitude. Parfois elle se sent comme un singe savant, sans cesse préparée en vue d'un examen important qui n'arrive jamais. Elle devrait se trouver dans sa petite chambre en train de déshabiller et de rhabiller sa Barbie avec Martina Cancelli ; alors qu'elle fait un résumé de deux pages sur l'expansion des Assyriens, qui ont soumis Babylone, l'Anatolie et Jérusalem, parvenant même à faire plier l'Égypte. Pourquoi doit-elle savoir tout ça ? C'est le seul moyen de recevoir le plus vite possible le dernier chapitre des *Chroniques de Dragonlance*. Ou la deuxième aventure de Lyra Parle-d'Or, qui est restée là, décidée à suivre son père à travers la brèche qui vient de s'ouvrir sur un autre monde…

*

Le manuel d'anatomie dit que tout est normal : c'est juste la desquamation de la couche superficielle de l'endomètre, personne n'en meurt. Une diminution des niveaux d'œstrogènes et de progestérone. Le résultat, c'est du sang épais, marron, on dirait de la peinture à l'œuf. En se levant du lit, Laura a cru qu'elle s'était fait dessus ; les maux de ventre sont les mêmes que quand elle doit se dépêcher de soulever le couvercle du seau. Tout est normal, mais le dégoût demeure. Et puis elle a honte de mettre tout ça dans le panier de linge sale, elle ne sait pas pourquoi. C'est une chose à elle.

La radio donne la nouvelle par bribes. C'est le 9 juin. Clementina Cantoni a été libérée par ses ravisseurs après une captivité de vingt-quatre jours. Le détail des négociations est confidentiel, le gouvernement afghan nie en bloc qu'il y en ait eu. Laura nie, elle aussi : elle prend une bouteille de Coca-Cola, la renverse sur la serviette sale. Elle frotte fort, jusqu'à diluer la tache. Pour se laver, elle doit utiliser l'eau potable. Elle mouille un tee-shirt, elle frotte, mouille encore. La puanteur ne part pas, alors elle renonce et laisse tout en plan, advienne que pourra. Elle dit à Martina :

— Aujourd'hui, je suis devenue une femme.

La poupée la regarde. Elle a l'air de répondre : "Tant pis pour toi."

Dans le monde, des bombes explosent, des trains, des rues et des immeubles sautent en l'air. Les médias racontent des violences, des abus de pouvoir, des attentats. De son temps, c'était banal d'aller faire les courses ; aujourd'hui, à en croire la une des journaux, on risque de prendre un coup de couteau. Laura est en sécurité. Elle a quatorze ans et elle a grandi en une nuit, même à l'intérieur d'une boîte en fer. Comme la petite fleur qui a surgi tout d'un coup dans un coin du conteneur. Même le métal ne l'a pas arrêtée : elle a trouvé un interstice et s'y est fichée. C'est comme ça que les choses vivantes fonctionnent. Peut-être que c'est ce qu'elle doit faire elle aussi : un interstice. Se ficher dedans.

Dehors, il y a les bons et les méchants, Laura le déduit des gros titres. Les affrontements des hommes politiques la font bâiller, mais elle lit tout, tâtonnant souvent dans le noir face à des mots comme "réforme" ou "amendement" : elle se jette sur le dictionnaire, lit la signification. Puis elle va aussi chercher le mot en anglais.

De toutes les révolutions, celle qui lui plaît le plus s'appelle Internet. Elle n'a pas encore bien compris ce que c'est, mais ça rend les gens fous. Les personnes éclairées disent que ce n'est qu'une mode du moment. D'autres jurent que le monde ne sera plus le même. Des termes comme "navigateur", "lien", "page d'accueil", "e-mail" font leur apparition… Laura se casse la tête, mais elle n'arrive vraiment pas à se faire une idée précise de ce que peut être un site web 2.0. Pareil pour les téléphones portables : SMS, GSM, WAP, roaming, handover… En dehors des fusillades, il est en train de se passer un truc énorme. Lire *Le Maître et Marguerite* et les aventures d'Harry Potter, c'est toujours formidable mais, dans le monde réel, il y a un retournement et Laura en effleure tant bien que mal un repli. Les notions ne suffisent pas. Alors qu'il s'apprête à partir, Laura dit :

— Je voudrais un ordinateur.

Juste à la dernière minute, après qu'il a fait le ménage de la semaine et pris le sac de linge sale, Laura dit :

— Cette nuit, j'ai changé.

Ce sont des mots qui le font avaler de travers. Il tousse un peu. Puis il ferme la porte.

Le cordon de la lampe a été sectionné. Sur le moment, Laura a pensé qu'elle était destinée à l'obscurité éternelle, malgré sa recherche sur l'Australie, qu'elle a rendue en un temps record. Un ajout est apparu, le fil habituel se termine maintenant par une multiprise. Ensuite les cartons sont arrivés.

Le montage a été rapide : une unité centrale en métal, un écran, un clavier. Et un autre machin, qu'ils appellent "souris" dans le mode d'emploi, *"mouse"* en anglais.

Avec cette espèce de télévision, la pièce en fer ressemble à autre chose. Tout à coup, elle s'est transformée en cabine de vaisseau spatial. Laura regarde l'équipement sans rien faire. Elle sait ce que c'est qu'un bit, elle comprend le fonctionnement du langage binaire. Étudier le Memex de Vannevar Bush, ça ressemblait à une histoire de science-fiction. À l'époque du scientifique, un calculateur occupait toute une grosse cage voire plus, alors que maintenant, le tout pèse une dizaine de kilos. C'est le hardware, ou matériel. Laura feuillette le pavé des instructions, elle a l'impression de lire son âme, qui, dans le cas des ordinateurs, s'appelle software, ou logiciel.

"Système d'exploitation", "gestion de fichiers", "langage de programmation", "interfaces graphiques". Le nouveau monde des disquettes, des CD-ROM. Le message qui lui a été transmis est clair et comme d'habitude silencieux : à partir de maintenant, elle devra faire ses devoirs sur ce nouveau support, plus de cahiers. À la place des livres, Laura reçoit des étuis plats en plastique contenant ces disques argentés qu'elle reluque depuis longtemps sur les pages des journaux et des revues. Elle regarde son reflet dedans pendant plusieurs minutes et ne se reconnaît pas, surtout maintenant qu'elle s'est coupé les cheveux. On dirait un garçon.

Dans le boîtier de l'ordinateur, il existe même un trou pour les écouteurs : le baladeur est remplacé pour tout, sauf pour la radio. Après l'anglais et le français, il y a une nouvelle langue à apprendre, nommée DOS : on pose une question et l'ordinateur répond, il récupère l'information. Laura le dit à Martina :

— On n'est plus seules.

Les yeux de la poupée scintillent.

La commande "dir" permet de visualiser la liste des fichiers et des sous-répertoires d'un répertoire. La commande "set" permet d'afficher, de définir ou de supprimer les variables d'environnement de cmd.exe. SC : commande non reconnue. Martina dit :

— On peut créer des demandes précises.

Parce que demander, c'est important. Ça vous définit. C'est un signe d'identité.

Le Solitaire et le Démineur mangent les journées. Les heures deviennent des minutes. "Encore une partie", dit Laura à voix haute, et les pages de la leçon s'empilent. En effet, *Les Trois Cartes* tarde à arriver. Mais elle a acquis de la dextérité : elle déplace le pointeur comme une flèche.

Écrire les dissertations en TXT, c'est super. C'est comme fabriquer les pages d'un vrai livre. Sa première expérience est un essai portant sur une tribu amazonienne. Ça paraît impossible, mais il existe un peuple qui ne connaît pas le passage des jours. Ça donne envie. Ils n'ont pas de montres, rien. Ce sont les Amondawa. Découverts en 1986, perdus au fond d'une forêt sans fin au cœur du Brésil. Des gens pour qui les années et les mois ne signifient rien. Ils ne connaissent que quatre chiffres, avec lesquels ils font tout. Deux choses sont importantes : s'il pleut, s'il fait beau. Pas d'anniversaires ni de calendriers. Pendant la première partie de votre vie, vous avez un nom, ensuite un autre. Un jour, on a demandé au chef de la tribu de traduire le mot "temps" dans sa langue. Sa réponse a été : "Soleil".

Les CD-ROM contiennent d'autres encyclopédies. Ce ne sont pas des pages : des fenêtres sur le monde. Des voix qui racontent. Laura colle l'étiquette blanche sur les disquettes, écrit au marqueur le type de recherche répondant à la consigne qu'elle a reçue. Mais ce qui lui paraît incroyable, c'est ça : elle semblait être un cancre en maths, or tout change avec Visual Basic. Ce sont des exercices qui la stimulent autrement. Laura sait graver, elle programme en DirectPlay, laisse libre cours à sa fantaisie sur les tableaux dynamiques. Avant, elle s'occupait de problèmes de piquets, de clôtures et de fermiers. Maintenant, voici les questions qu'elle doit résoudre sur le papier, hors connexion :

> En lançant en mode débogage une application IIS en Visual Basic, Internet Explorer s'ouvre, mais le message d'erreur "404 – Page non trouvée" s'affiche. Car IIS est géré par Windows 2000 et la référence à localhost diffère entre VB et IIS de Windows 2000. Comment faire pour modifier la référence ?

Et elle s'en sort très bien.

Des films aussi sont arrivés. Des documentaires. Et des cours d'université. Pour Laura, c'est pire qu'un coup de poing dans le ventre : il y a lui. Assis à un bureau, devant un panneau bleu. Au début de chaque conférence, après le générique, un texte apparaît en surimpression : "Anthropologie culturelle, ethnologie, ethnolinguistique". Et en dessous : "Carlo Maria Balestri".

La première chose, c'est l'évidence. Il est là, il parle à Laura depuis un écran. Ou plutôt, il s'adresse à un "vous", comme s'il avait une classe devant lui. L'homme qui la séquestre dans une pièce en fer cultive des jeunes gens des deux sexes, qui sait où, dans quel but. Combien de boîtes existent ? Elle pensait être l'élue. Elle se trompait. Sur l'écran de l'ordinateur, l'homme dit : "Je souhaite à tout le monde la bienvenue à la troisième leçon de…" *Tout le monde.* L'idée qu'il y en ait d'autres comme elle est une offense.

La deuxième chose, c'est le nom. Il tombe le masque et ça la tue. C'est très clair désormais. Dans un recoin perdu d'elle-même, Laura espérait se réveiller un jour habillée de rien au bord d'une route : elle peut faire une croix dessus. Elle connaît l'identité de l'homme. S'il n'était pas sûr de la garder enfermée pour toujours, il ne prendrait certainement pas un tel risque.

La troisième chose, c'est la voix. Douce, on dirait celle d'un grand-père. Il y a des moments où il sourit, surtout quand il lance un mot d'esprit. Et il a un drôle de tic qui coupe ses mots : des plissements de nez, surtout quand il s'enflamme. Laura n'écoute pas la moindre notion : elle l'étudie lui. Les yeux de glace, qu'elle n'arrive jamais à bien distinguer dans la grande pièce. La moustache courte et grise. Et les mains : il les garde là, les paumes bien posées sur le bureau, comme une chose détachée de lui. C'est terrifiant : à chaque leçon, il a un nœud papillon de couleur différente. En revanche, la veste semble la même. Quand il entre dans la cage, il porte des vêtements différents.

Et puis il y a la quatrième chose : peut-être que tout ça est une mise en scène, la énième épreuve à surmonter. Laura l'imagine en train de se donner du mal pour construire le discours de bienvenue devant une caméra, le générique. Le "vous" qui n'est que pour elle. Martina demande :

— On est passées à un autre niveau ?

Il est quatre heures et demie. Rien à signaler sur le *Grande Raccordo anulare*. Quant au périphérique de Milan, il est dégagé, il n'y a qu'un ralentissement à l'est : véhicule à l'arrêt, dispersion de matériel sur la chaussée. Quand ils mettent une chanson idiote sur l'amour, l'amour et l'amour, Laura éteint.

Il y a des périodes comme ça, où elle n'arrive pas à se détacher du visage de Martina Cancelli. Ça la dégoûte presque de le dire, mais elle saurait la dessiner. En revanche, il ne reste de ses parents qu'un halo indistinct. Même dans ses rêves, ils ont des visages lointains ; elle ne les discerne qu'en certains cas, mais au réveil ils ont déjà disparu derrière la ligne d'un désert qu'elle porte en elle. Elle écarquille les yeux sur les parois de fer et les perd à l'instant. La queue de cheval de sa meilleure amie résiste comme une brûlure. Parce que tout est sa faute.

Laura passe des journées comme ça, à lui parler, tandis que la chaîne cliquette. "Je sors pour te faire plaisir et tu m'abandonnes. Et maintenant, regarde où je suis", explose-t-elle au visage de la poupée, qui a la même expression que sa sœur de sang. Mais le pacte n'a jamais vraiment été conclu, ce qui aurait déjà dû lui mettre la puce à l'oreille. Un matin, elles vont jusqu'à leur coin, le tourniquet du petit parc. Dans l'idée de s'unir à jamais, elles brisent une des bouteilles vides qui surgissent là chaque nuit. Laura n'y réfléchit pas à deux fois : elle entaille la peau de son pouce. Il en jaillit un sang vif, scintillant.

— À ton tour, maintenant.

Martina Cancelli prend le tesson, elle le retourne entre ses doigts pendant un moment. En attendant, Laura a déjà une petite flaque sombre au creux de la paume.

— Allez !

Sa meilleure amie utilise le verre pour se curer les ongles. Une goutte tombe et s'écrase sur la boucle des sandales de Laura.

— Si on ne mêle pas nos sangs, le pacte ne vaut rien.

Martina Cancelli marche en rond. Elle a l'air un peu amusé et elle est un peu aspirée par une terreur à laquelle elle ne s'attendait peut-être pas. Elle finit par essayer, mais fait juste semblant. Elle propose le bout de son doigt à peine griffé à Laura, alors que celle-ci a le dos de la main qui dégouline (déjà que l'anémie lui ôte ses forces).

— Il faut que tu appuies plus, dit Laura.

Martina Cancelli respire, elle ressaye. Ça lui fait mal. Elle doit s'asseoir sur le tourniquet, qui grince aussitôt. Tout à coup elle a le regard sans regard.

— Tu t'évanouis ? demande Laura.

Elle se reconnaît dans cet œil éteint, bien qu'elle n'ait pas idée de l'aspect de son propre visage dans ce genre de situations. Son amie fait une espèce de sourire et lui offre son doigt : Laura comprend que c'est le mieux qu'elle puisse faire. Le mieux que les gens puissent faire, c'est déjà quelque chose, même quand les autres s'attendent à plus. Un jour, son père lui a raconté qu'il y avait des personnes particulières pour qui c'était une entreprise même de sortir de chez elles : quand elles le faisaient, c'était au prix de gros efforts, et il fallait les respecter. Ainsi, Laura respecte Martina Cancelli, qui ne sait donner qu'une petite éraflure. Elle s'approche, presse son doigt dégoulinant contre celui, tout propre, de son amie. Elle dit :

— Comme des sœurs.

Martina Cancelli est hébétée, son petit sourire idiot ne s'atténue pas. La main ensanglantée de Laura la rend pâle. Elle fait oui de la tête. Le contact dure un moment. Elle se lève et se dirige vers sa maison d'un pas rapide.

— Comme des sœurs ! lui hurle Laura.

Martina Cancelli continue, tête baissée, et la laisse là, en train de perdre son sang goutte à goutte.

Le Rouge et le Noir lui tombe des mains ; *Anna Karénine*, c'est le genre qui vous brise le cœur. Laura reste immobile à lire, sans se soucier de ses doigts engourdis par le froid glacial. Il y a des moments où, à l'intérieur de la grande pièce, elle voit un fil invisible qui relie tout, il part des astéroïdes et plane parmi les tatouages des Hourrites, les aventures d'Alice, les imprimantes laser, le premier alunissage de l'homme. Ce sont des moments spéciaux, ils durent un rien. L'instant d'avant, le tableau est éclairé ; celui d'après, l'obscurité revient et il faut refaire tout le travail pour revoir le dessin général dans un fragment. Le sens, c'est d'agripper la queue d'une comète : le temps de regarder ses mains et il ne reste qu'une puanteur de brûlé. Elle est déjà à un million de kilomètres de là.

Laura n'a jamais vu sa mère avec un livre. De son père, elle peut dire qu'il aimait lire les résultats des matchs de foot dans les journaux au petit bar de la zone 167 Ouest. Ce sont des images terribles. Hegel l'explique comme ça : il n'y a rien de plus profond que ce qui émerge à la surface. "Et moi, alors ?" Laura se le demande et ne trouve jamais de réponse.

Elle était une petite fille normale et assez disciplinée. Avant l'enlèvement, sa pire atrocité avait été le vol d'une gomme à la papeterie d'Agostino, qu'ils ont entièrement vidée quelques années plus tard pour en faire un bureau de tabac. Les premiers temps, elle se disait souvent que c'était peut-être elle qui avait causé sa ruine. Pour faire face à ce larcin, ce pauvre petit vieux s'était retrouvé sur la paille. Des gens qui s'étaient faits tout seuls, au prix de nombreux sacrifices, jetés à la rue à cause de sa main trop leste. Maintenant, Agostino et Miranda étaient sans travail, ils survivaient en mangeant des boîtes de conserve à un âge avancé. Tout le monde dans le quartier le savait.

Ou bien la fois des mantes religieuses. Michele Paini avait apporté ces deux spécimens en classe, enfermés chacun dans un bocal. Un mâle et une femelle. Celle-ci était reconnaissable aux deux taches noires sur ses pattes avant, on aurait dit des yeux. La leçon avait laissé tout le monde bouche bée, pour une raison en particulier : l'accouplement. La femelle dévore le mâle en commençant par la tête tandis que leurs organes génitaux continuent à faire leur travail. Une bête qui se fait manger jusqu'à la moitié du corps et pourtant ne s'arrête pas… Pendant la récréation, Laura avait ouvert en cachette les bocaux et réuni ces créatures dégoûtantes. Un carnage.

En revanche, la fois des tortues, c'était juste un caprice. Mirko Tani en avait apporté trois petites avec la carapace molle comme une éponge. Il les gardait dans une boîte à chaussures, il en était jaloux comme un tigre. Laura en avait pris une et l'avait mise dans sa poche. Quand cette absence avait été découverte, ça avait semé la zizanie parmi les garçons. Mirko Tani s'en était surtout pris à Staccioli, célèbre pour ça : il volait les goûters et les crayons, un jour il avait même tenté de piquer le stylo plume de la maîtresse. Ils essayaient de plonger les mains dans les poches de son tablier et lui, il s'échappait comme une anguille en promettant des coups de pied et de poing à tous ceux qui s'approcheraient. Cet après-midi-là, Laura avait libéré Clementina dans un coin du jardin après lui avoir construit une barrière de cailloux. Elle lui avait donné des feuilles de salade, des bouts de carotte. Elle avait dit à ses parents l'avoir trouvée dans le petit parc. La bestiole s'était acclimatée au bout d'une semaine. La fête d'anniversaire de Laura était arrivée, parmi les invités il y avait aussi Mirko Tani. Laura ne l'avait associé à la tortue que quand elle avait vu son camarade franchir le portail. Pour ne pas être découverte, elle avait pris le petit animal et l'avait enfoncé dans le trou d'une brique creuse qui délimitait l'allée, où sa mère avait la lubie de faire pousser un mimosa et un citronnier. Laura avait récupéré Clementina le soir, une fois la fête terminée. Elle était pleine de fourmis. Ses yeux avaient déjà disparu.

C'est ça, ses péchés. Laura a été enfermée dans un enclos, comme Clementina. Si elle a volé une gomme, on lui a arraché sa vie de toujours. Un animal la mange de jour en jour, il s'appelle solitude. Pour finir, elle paie pour sa mère, pour son père : jamais un livre à la main. Elle en mastique des centaines. Voilà ses punitions.

*

Il n'y a pas de connexion sur la tablette. Les contenus y sont chargés au compte-gouttes : vidéos, chansons, livres électroniques. Laura assiste à la révolution globale depuis une pièce comme creusée au centre de la Terre. Les exercices d'algorithmie et de programmation avancée la tiennent éveillée :

> Écrire une fonction récursive qui prenne en paramètre un nombre entier N et qui génère et affiche à l'écran tous les nombres binaires d'un bit.

Martina dit : *"include <stdio.h>"*.

Elle dit : *"void binaryNumberIte#(int n)"*.

C'est l'ADN d'un monde nouveau. Diagrammes de flux, instances, variables, pseudo-codes, itérations. Les hiéroglyphes, les guerres puniques, l'arc brisé, Modigliani : tout est plié là, dans une structure complexe de données qui domine désormais la vie des gens. Même l'achat d'une livre de mortadelle devient technologique.

Entre-temps, les journaux font état d'une opération imposante : Facebook débarque à Wall Street avec une des offres publiques les plus élevées de l'histoire. Le premier jour de négociation, sa valeur a grimpé jusqu'à cent quatre milliards de dollars, du jamais vu à la Bourse de New York.

L'idée de Facebook, c'est de contrôler tout le monde. C'est un endroit où on peut hurler dix fois par jour qu'on existe, même si on vit dans une soupente ; d'autres solitudes nous répondent avec une petite tête souriante. Facebook arrive partout, même dans les toilettes. *Surtout* dans les toilettes. Le type qui a fondé l'empire de l'ego a un patrimoine de milliards et de milliards de dollars.

Ils ont déjà acheté Instagram, et beaucoup se posent la question : qu'est-ce qu'ils attendent pour prendre WhatsApp ? Le trafic de données, c'est de l'or. D'après les revues, Martina Cancelli ne peut vivre sans se photographier devant le miroir et le dire à tout le monde, prête pour la fête du samedi soir.

Laura en fait autant. La tablette l'immortalise chaîne au cou et cheveux en arrière, comme si une voiture remplie d'amis était sur le point de passer par la zone 167 Ouest pour l'emmener en boîte. La poupée imite la voix de sa mère : *"Sois sage. Méfie-toi des gens."* Les parents, ce sont des casse-pieds.

Laura sort une Camel et l'allume. Mais elle doit faire attention à doser les cigarettes : elles viennent à manquer et ça la rend folle. Le premier paquet est resté sur le bureau pendant des semaines, puis elle s'est décidée. Sa mère aussi le faisait après son travail pour joindre les deux bouts. Quand Laura s'est aperçue du piège, c'était trop tard, le vice lui était déjà entré dans le sang : un nouveau moyen pour la garder en cage en l'exhortant à ne pas se mettre en retard, à donner le maximum. La récompense, maintenant, c'est ça : la nicotine. Les journées sont devenues une lutte, à tout moment son regard dévie de l'écran en direction du paquet. Elle doit résister, éviter de se déconcentrer. Le risque n'est plus de ne pas avoir de rations de chocolat, de romans fleuves contenant de folles aventures : le vertige de la première bouffée, comme elle le voit dans les films. Les cigarettes commencent à se faire rares et elle se ronge les ongles ; chaque bruit fait voler ses yeux vers la grosse porte. Qui finit vraiment par s'ouvrir. C'est lui. Il apporte à boire, à manger. Des livres. Laura l'observe depuis sa couche en mesurant chacun de ses mouvements. L'homme est sadique, il ne se décide qu'au dernier instant – parfois il fait semblant de s'en souvenir sur le seuil, quand elle se cabre, déjà désespérée : "Hé !" Ce n'est qu'alors qu'il met la main dans la poche de sa veste. Il en sort une petite poignée de cigarettes ; il les compte une à une en les alignant à côté du clavier. On dirait les honoraires d'un tueur. Six, sept, huit… Il s'arrête. "Encore !" crie Laura du fond du conteneur. Neuf… Ou plutôt non : huit. Il en reprend une et s'en va. "S'il vous plaît !" Mais rien, le claquement du métal dit ceci : "Tu en veux davantage ? Donne-toi du mal."

Mais c'est super, le samedi soir, quand Laura, à la fin d'une journée d'étude, se laisse aller aux fantasmes d'une fête. Ses écouteurs envoient une musique assourdissante tandis qu'elle continue à bouger, en pyjama, à un mètre de l'ordinateur, le fil tendu. Elle ne remarque pas le cliquetis. Elle souffle des nuages par la bouche, les yeux clos, en s'imaginant parmi un tas de jeunes qui la regardent faire l'andouille. Tout à coup, il y en a un qui la touche.

Le titre est simple : *Symboles de la communauté. Essai d'anthropologie culturelle.* C'est un gros livre sérieux. Laura l'a trouvé près de l'ordinateur après la dernière visite de l'homme. "Carlo Maria Balestri", dit la couverture. Mais c'est elle qui l'a écrit.

Beaucoup de ses pages à elle se sont retrouvées là, remaniées, étoffées, corrigées. Ses intuitions, issues d'une pièce en fer dans l'ignorance de tout, ont servi de base aux digressions de l'auteur. Elle ne sait pas si elle doit considérer ce volume comme un trophée ou comme un autre affront.

C'est son moyen pour la faire sortir ? Une bouffée d'air, là, dans ces pages rectifiées, où il y a sous les mots un cri dont personne ne soupçonnera jamais l'existence. Certainement pas son père, ni sa mère. Peut-être qu'ils l'ont remplacée depuis longtemps par un petit frère qui lira un jour ces textes à l'école sans savoir qu'ils émanent de cette sœur disparue et recluse. C'est un jeu méchant. Et pourtant, il y a une sensation d'expansion : Laura parle au monde. Plus que ça : elle enseigne. Elle instruit, indique les mutations. Elle, carrément. Ce qui lui coupe le souffle, c'est ça : il y a un prix. Un code-barres identifie le produit. Laura est choisie. Achetée. La biographie mentionne cet honneur : l'auteur est affilié à la Prometheus Society, une des rares organisations réservées à ceux dont le QI correspond à un certain niveau. Elle aussi en fait partie.

Écrire des essais en code, c'est amusant. Ce qui est difficile, c'est de ne pas faire de bavures. Il faut qu'il copie et colle les textes entiers, le plus possible, en espérant que son attention sera détournée par le contenu.

Pour chaque leçon, Laura utilise une langue différente : anglais, français, espagnol. Les intervalles entre les lettres restent les mêmes, une fois tous les trois mille signes, espaces inclus. Le message est récurrent : "Au secours. Carlo Maria Balestri me retient prisonnière." Il lui suffirait de tomber sous les yeux d'un étudiant doué. Ou d'allumer la curiosité d'une grosse tête qui, en feuilletant le dernier article de ce grand génie, se poserait la question : "C'est une blague ?"

Le professeur Balestri veut de la main-d'œuvre pour son esprit fatigué par une vie d'étude ; il trouve chez Laura des pages fraîches. La jeune fille sait comment il parle, elle connaît ses termes favoris, ses poses linguistiques. Par exemple, il éprouve de la répulsion pour les adverbes. À l'exception de certains, dont il se gargarise dans ses vidéoconférences : évidemment, formellement, exclusivement. Ses traités sont de belles exhibitions de points-virgules : elle le contente. Il est amateur de digressions provocatrices ; l'ironie subtile est un de ses chevaux de bataille ; le cynisme lui fait horreur (normal : il est intelligent). Il vit au milieu du monde, mais ce dernier commence à devenir une affaire confuse, même pour lui. Chez Laura, il pille surtout certaines fulgurances concernant les visages du contemporain. C'est là que la jeune fille sème ses appels au secours. Elle épie tout comme par le hublot d'un astronef. Ou plutôt, elle respire sur Gaia : elle a un contact télépathique avec les plantes, les animaux, les montagnes, les océans… Bien qu'elle soit dans une boîte, elle est membre actif. Maintenant plus que jamais. Et elle le dépasse : Carlo Maria Balestri apprend d'elle les possibilités de DOS, les répercussions de la vie numérique, le nouveau langage des séries télé. Ses consignes disent : "Lis ça. Regarde ça. Dis-moi ce que ça signifie, à quoi ça se rattache." Elle fait son travail et reçoit en récompense la quatrième saison de *Breaking Bad*, plus deux paquets de Camel. C'est ce qui lui permet de garder une longueur d'avance.

L'homme a confiance. Les écrits de Laura se propagent, ils font sensation. Sa signature acquiert de la valeur. Le professeur Balestri s'est fabriqué un entraîneur pour ne pas se retrouver hors jeu et s'éteindre peu à peu en vue de la retraite (parmi ses collègues, certains affirment avec orgueil écrire leurs essais au stylo avant de les faire taper par une secrétaire). Il aurait du mal à remettre en question un texte où la jeune fille parle des Pearl Jam et du poids d'une certaine révolution culturelle par rapport aux faibles aspirations des jeunes d'aujourd'hui, mutilés dans leur enthousiasme par une application qui suggère à l'usager quand boire un verre d'eau. Les journaux sont importants : Laura décrypte les orages qui ont échappé à Balestri. Si elle s'arrête, il s'arrête : qui garde qui en cage ? En guise de rétribution, elle demande d'autres cigarettes. Et le dernier titre de DeLillo, ou *Born Villain* : quelques jours plus tard, elle trouve tout sur son bureau. À son tour, elle produit un article de trois feuillets traitant avec précision du renouveau de la structure cognitive d'une société au coude-à-coude : applaudissements pour le grand maître au regard précieux et impérissable. Elle a même glissé un SOS en première page, bien en évidence. Et pourtant personne n'arrive.

Le clavier semble voler tout seul, les mots tombent en pluie. *Finishing Jubilee Street* est en boucle depuis le début de l'après-midi, ce sont des coups de pioche dans les écouteurs. Le nouvel article de ce scientifique embrassé par les horizons sans horizon sera un autre succès dans la rubrique "La parole aux jeunes". Thème : les Google Glass, les robots élevés au niveau de la conscience (le seuil d'autoprogrammation est prévu pour 2026, dans treize ans, un rien de temps) et les lentes activités des prêtres de Karnak qui chaque matin descendaient au lac sacré pour nettoyer le temple des excès de la nuit. Le risque de la vitesse. La valeur de la lenteur, du geste simple, dévoué. Certains benêts veulent lire ça : les voilà servis.

Il y a une vague d'air frais, comme à chaque visite : la porte s'est ouverte. Laura ne se retourne même pas, ses yeux restent rivés sur l'écran. Elle éteint son avant-dernière cigarette ; un épais brouillard flotte dans la grande pièce. Puis un fait sans précédent se produit : on la touche. Le carabinier la regarde, encore plus abasourdi que la jeune fille. Il lui parle, pendant que ses collègues explorent le conteneur, même si tout est là sous leurs yeux.

Laura pense : “Les messages sont arrivés.” Tandis que la musique continue, elle dit à voix haute, en criant peut-être un peu :

— Juste un moment. Il faudrait que je termine un truc, là.

TROISIÈME FACE

Laura mange tout. On lui verse de l'eau et elle dit : "Merci." En indiquant la poêlée de légumes dans son assiette, elle dit : "Il y en a encore ?" Et je cours à la cuisine. Daniele l'a assez bien pris, mais il est soucieux. Le soir, on reste longtemps sans rien dire, allongés côte à côte dans le lit, les yeux au plafond. L'appartement est plongé dans le silence mais il parle : du fait de cette présence étrangère, la chambre est en suspens. Parfois, je le dis de but en blanc : "C'est quand même ma fille." Ça sonne bizarre, comme si je devais commencer par m'en convaincre moi-même. Il tend la main, cherche la mienne. Il la serre. C'est sa façon de me dire que tout va bien : il est là, il résiste. Il n'était pas préparé, et pourtant il résiste.

C'est comme avoir gagné à la loterie à l'envers. J'ai perdu une petite fille quand elle avait huit ans, on me l'a ramenée à vingt-deux. En franchissant le seuil de chez nous, elle a dit :

— Je peux ?

On s'est regardées dans les yeux et des mondes se sont redessinés. Le sien, je l'ai tout de suite reconnu. Puis je me suis évanouie.

La psychologue dit qu'il faut du temps.
Au bout de quatorze ans, il faut du temps.

Il y a le regard inquisiteur des voisins : un jour, cette jeune femme apparaît. Il faut inventer des histoires. Les règles sont précises : dans l'immeuble, je suis censée être la tante de Laura. Il ne faut pas éveiller l'attention.

Au début, Daniele me fusillait de ses gros yeux de bébé tandis que je racontais. Il ne faisait que répéter : "Et ensuite… Et ensuite…" Oui. J'avais ce secret : une petite fille kidnappée. "Et pendant toutes ces années…" Non, je n'avais jamais eu le courage de le dire. C'était un moyen d'oublier, peut-être, de me propulser en avant. La première fois qu'il m'a vue, j'étais seule, avec ce froncement, cette face esquintée ouverte au vent. Il ignorait que je marchais au bord d'un immense cratère : je n'ai jamais bougé de là. Nos conversations sur l'éventualité de faire un bébé, malgré l'âge à risque. Mes hésitations à la légère : "Profitons de la vie, les enfants, ça donne du fil à retordre." Juste après, lancer une hypothèse de voyage en Inde, en Amérique, en Afrique, sur Mars : n'importe où, pourvu qu'on change de sujet. L'horloge biologique sur le point de sonner. "La plupart de nos amis, ils passent leurs journées à se faire du souci pour leurs ados." Une ritournelle que j'ai souvent répétée, même si je me sentais tomber à la renverse.

Parfois, je le trouvais devant l'ordinateur, sur le site de la banque en ligne. Il contemplait le petit pécule hérité de la vente du loft du corso Venezia, à deux pas du métro. Il avait l'air de dire : "Et cet argent, j'en fais quoi ?" Le jour, dans la rue, j'épiais sa détresse à la vue d'un petit garçon emmitouflé agrippé à la main de son père de trente ans. Je l'emmenais aussitôt face à une vitrine.

Et puis un soir, on frappe à la porte. Laura débarque.

C'est lui qui m'a ramassée. Chaque matin je le voyais descendre au rez-de-chaussée, où il me trouvait avec les seaux et la serpillière. "Bonjour", disait-il. "Bonjour", répondais-je, vêtue de la blouse bleue de l'entreprise de nettoyage. Certains jours, j'avais du mal à tenir debout. J'avais honte de ma gueule de bois ; dès que je me réveillais, je pressais un citron, j'ajoutais une petite cuillère de sel, une demi-tasse de café. Et trente gouttes de Valium. Après mes heures, je retournais à la bouteille dans le deux-pièces de la via dei Gracchi. Une salle de bains, un coin cuisine. Et un lit, où j'amenais souvent des types spéciaux, beaux ou laids, peu importait, pourvu qu'ils déballent des substances récréatives. Ensuite, on faisait ce qu'on avait à faire.

Ce n'est pas facile de vous regarder dans le miroir quand vous vous retrouvez comme ça à près de quarante ans, en train de vous anéantir peu à peu pour vous venger de la vie. Le seul plaisir que vous ayez. Que vous recherchiez. Ça fait mal, et par dépit vous en voulez encore plus. Vous regardez le reflet et lui demandez : "Jusqu'où tu veux aller ?" L'existence vous tue, et vous la laissez agoniser avec vous, à cœur ouvert. "Mange-moi, si tu en as le courage. C'est à toi de le faire." Les griffures, les brûlures lors des crises de larmes, qui sont votre véritable ennemi. C'est comme céder du terrain. Quand ça arrive, la colère prend le dessus, l'alcool fait le reste, la drogue fait le reste. Les réveils sont des champs de bataille, avec la chambre à moitié détruite et des bleus partout. Vous ne vous rappelez pas pour quelle raison l'oreiller se trouve à l'autre bout de la pièce, éventré. Mais vous êtes encore en vie. Vous allez devant le miroir et le lui crachez au visage, ça suffit l'image. Le fond de teint est utile mais ne peut pas toujours faire des miracles.

— Bonjour, dit Daniele un matin.

Penchée sur ma serpillière, des lunettes de soleil sur le nez, je réponds :

— Bonjour.

J'ai un choc quand je m'aperçois que des pas s'approchent de moi. Pour finir, c'est inévitable : je lève la tête. Lui, il ne parle pas ; ma lèvre gonflée le fait pour nous deux. Et je tremble. Le silence est aussi lourd que tout l'immeuble.

— C'est inadmissible, qu'on vous fasse ça.

Ce sont ses premiers mots véritables. Je me maudis, mais je ne peux pas m'en empêcher : j'éclate en sanglots. Dans cette pose obscène, le balai à la main.

Milan a été un choix fortuit, j'aurais pu me retrouver n'importe où. Comme c'est arrivé à Marco. La disparition d'un enfant est un hachoir qui arrache la peau des amants que l'Univers avait choisis : ceux qui essaient de recoller les morceaux sont condamnés. Un soir, il y a cinq ans, ça m'a fait bizarre d'arriver dans le salon après le dîner. Daniele était devant la télé, il m'attendait pour voir le nouvel épisode de je ne sais quelle série. Je me suis laissée aller à côté de lui, sur le canapé. Mon ex-mari était mort dans un accident. Je n'ai rien dit. Je venais de l'apprendre de la manière la plus sordide : via Facebook.

Pour Daniele, Donà n'est pas seulement un avocat : un ami de longue date, complice de tant d'aventures, à l'intérieur et à l'extérieur des tribunaux. Au bout de près d'un demi-siècle, ils continuent à s'appeler par leur nom de famille ; c'est comme ça que ça marche à Milan. Donà nous l'a dit tout de suite : d'après les premières estimations, une des particularités de l'homme qui a séquestré Laura pendant quatorze ans était qu'il choisissait des fillettes avec des parents seuls au monde appartenant à une tranche moyenne-basse de revenus. Un moyen de se protéger : peu de personnes concernées, de maigres ressources, pas de grand-père fortuné capable de déplacer des montagnes, d'engager je ne sais qui. Marco et moi, on ne pouvait pas le savoir, mais le jour où on a échangé notre première promesse dans la mansarde de la via Buozzi, notre condition de gagne-misère décidait déjà du sort de notre fille.

Je ne suis même pas allée à l'enterrement. J'y vais tous les jours, dans une partie de moi-même. Marco faisait tellement d'efforts. Le souvenir de son regard sur Laura enfant est une des choses qui m'ont gardée en vie. Pendant les années de délire, je m'arrêtais parfois dessus, blottie dans une nuance de bleu sans pareille : on avait notre vie, même difficile. Les soirées à la pizzeria étaient des événements spéciaux. Le jour où on a réussi à décrocher un crédit sur trente ans, on est allés fêter ça. On était tués par un emprunt qui nous étranglait, mais on a porté un toast en se regardant avec des yeux pleins d'amour. C'est ça, les objectifs des gens normaux. Un peu tristes, un peu immenses. “Elle a ton profil”, disait-il. Aucun diamant ne valait ce genre de mots, dits de cette façon-là. Parfois je me surprenais à penser : "C'est pour des moments comme ça qu'on vit."

Quelques années plus tard, on était dans la cuisine, les mains dans les cheveux et des centaines de cigarettes éteintes dans des verres. Laura disparue depuis plus d'une semaine. Entre nous, il y avait la langue du diable. Elle nous léchait les os de façon si impitoyable qu'on était à bout de souffle : privés de notre fille, on ne se suffisait plus. Des pans de la montagne autrefois solide s'étaient déjà effondrés. La douleur nous noyait dans un goudron épais, on restait là, impuissants. Quand il a repris ses tours de travail, je l'ai perçu comme un affront : il recommençait. Je savais que la banque n'admettait pas de retards, malgré les tragédies familiales. Le directeur avait dit : "Nous comprenons le contretemps, mais…" Le contretemps.

Personne n'a jamais pensé à une rançon. Dès les premiers jours, l'hypothèse la plus accréditée allait dans une direction à se trancher la gorge, même si le courage de le dire manquait à tous. Un ouvrier de trente-cinq ans, une ménagère de trente-trois. Un compte courant dont les rentrées d'argent avaient tout à envier aux étrennes d'un enfant le jour de sa confirmation. Derrière les yeux des gens, il y avait une ombre évidente. Et pourtant, je le répétais : "Laura est toujours là." Comment on dit, dans les films ? Une mère sent ce genre de choses. C'est vrai.

C'était tout aussi vrai quand, au bout de six mois, j'ai quitté la zone 167 Ouest par le premier train pour rejoindre le type qui continuait à m'appeler sur la ligne de téléphone rose. Il avait la voix d'un père ; avec les minutes qu'il passait au bout du fil, ça me faisait un petit salaire. Il ne promettait pas de châteaux, demandait juste à me voir, sans aucune obligation. Il recueillait mes pleurs. À quatre cents kilomètres de distance, il prêtait l'oreille et répondait surtout par le silence. Exactement comme l'homme que j'avais épousé et qui rentrait le soir, maculé de mortier, les yeux rouges. Mais en plus supportable. Il disait :

— Tu es pleine de douleur.

Il disait :

— Il y a une autre voie qui t'attend.

J'ai fini par le croire. De toute façon, c'était pareil.

Je suis arrivée à la gare centrale un mercredi quelconque, avec un bagage fait de rien, le regard en miettes. Je ne marchais pas : je flottais. Pour se reconnaître, on avait opté pour des écharpes rouges. J'en avais acheté une exprès, en laine brute. Arrivée au bout du quai, j'ai regardé autour de moi : le va-et-vient chaotique, le parfum des pâtisseries du bar. J'avais débarqué sur une autre planète, j'ai été désorientée par cette question : "Qu'est-ce que je fais là ?" La tentation de me diriger aussitôt vers le guichet et de prendre le premier train dans l'autre sens était forte. Puis j'ai entendu une voix derrière moi :

— Anna.

En direct, elle était différente. Plus nasale.

Romano Antonio m'a impressionnée : il m'avait préparé un petit appartement. Il était heureux de m'illustrer son confort : le micro-ondes, le lave-vaisselle. Le réfrigérateur rempli. Il n'a eu l'air gêné que quand il a dû admettre que la vue n'était pas terrible, la fenêtre donnait sur une cour sale, asphalte sur asphalte. C'est à ce moment-là que je lui ai demandé :

— Pourquoi tu fais ça ?

Il devait forcément vouloir quelque chose en retour, les anges dans ce genre n'existent pas – et pourtant il ne me faisait pas du tout peur, il n'y avait aucun gouffre au monde capable de m'effrayer autant que celui que j'avais apporté dans ce deux-pièces, avec ses placards fleurant bon le neuf ; s'il m'avait demandé de me déshabiller, je l'aurais fait sur-le-champ. Peut-être que j'espérais ça : qu'il me gaspille. Alors qu'il a haussé les épaules, il a carrément eu l'air un peu ému. Il a baissé la tête pour que je ne le voie pas. Voici ce qu'il a répondu :

— Au moins, je sers à quelque chose.

Puis il m'a donné les clés.

Le fait de m'être transportée de la zone 167 Ouest à un troisième étage milanais ne changeait rien. Le seul point positif, c'était l'absence de Marco. Je l'avais tellement aimé ; maintenant, le simple fait de penser à lui suffisait à me faire courir aux toilettes pour vomir. J'évitais les miroirs. Deviner Laura dans mon visage, c'était une blessure qui se rouvrait sans cesse. Romano Antonio venait tous les deux jours avec quelques provisions. On échangeait peu de mots, tout au plus sur le bon fonctionnement des radiateurs, ce genre de choses. J'utilisais le strict nécessaire : l'assiette habituelle, le verre habituel. Je m'endormais tout habillée sur le lit, au-dessus des couvertures ; un moyen pour qu'on ne puisse pas me capturer.

— Pourquoi tu fais ça ? continuais-je à lui demander tandis qu'il rangeait les oranges dans la coupe à fruits et fermait les sacs poubelles.

Il ne commentait même plus. Je ne pouvais pas savoir qu'à ce moment précis, il y avait un homme qui s'occupait de Laura de la même façon. Qu'elle lui posait les mêmes questions.

Un soir, j'ai appelé à la maison. Marco a décroché à la première sonnerie. On est restés silencieux quelques instants, à écouter nos respirations. Puis il a raccroché.

Si les mois après la disparition ont été un drame dans le drame, c'est aussi pour cette raison : les psychopathes, les mythomanes vous prennent pour cible en appelant d'une cabine. Mais une voix en moi me le disait : il savait que c'était moi qui avais composé son numéro. Je l'ai tellement haï. Me mettre à la porte comme ça, sans lutter.

— Tu as voulu partir : pars.

C'est tout.

La douleur rend aveugle. Peut-être qu'un "Reviens, je t'en supplie" n'aurait pas suffi. Peut-être que je lui aurais lacéré le visage avec mes ongles s'il s'était présenté dans le deux-pièces où j'étais hébergée. Pourtant, une partie de moi cherchait son étreinte. Quel dégoût de devoir l'admettre : c'était à lui de me tenir, de me serrer avec plus de force. On avait subi une rafale qui avait tout renversé. On marchait sur des décombres impossibles. À ses yeux, j'étais avantagée : la fugue, qui sait quelles autres possibilités. On portait le même couteau planté entre les côtes, mais le fait que j'aie abandonné le terrain lui donnait la suprématie : "Moi, je reste, je regarde la réalité en face." Un de ses moyens pour rester fidèle à notre promesse. Et à Laura. Il m'utilisait, comme je l'utilisais. D'en bas, du fond de nos misères, face à des faits qui font chavirer le sol du jour au lendemain. On était ignorants ; la souffrance nous enseignait l'amertume de vivre, sans langage. On empoignait des alphabets de misère qui portent à des choix de misère : moi, partir, lui, me laisser faire. Il y a des cas où libérer quelqu'un est un péché mortel, qui vous marque à jamais. *À jamais.* Quelques semaines plus tard, j'ai trouvé le courage de le rappeler : numéro non attribué.

Perdre deux amours, ce n'est pas une mince affaire. Je restais enfermée, tandis que Romano Antonio tentait de forcer la prison où je m'étais barricadée. Je ne cédais pas, entre autres parce qu'il était loin d'avoir ma confiance : me garder là, sans demander. D'heure en heure, je sentais se creuser une dette qu'il me faudrait rembourser d'un moment à l'autre : "Voici l'addition à payer." Parfois, je cachais un couteau dans la manche de mon pull quand il sonnait à l'interphone. Et je continuais à poser des questions : "Tu es tombé amoureux de moi ? Tu veux faire de moi une pute ?" Il détournait le regard, il me demandait si par hasard j'avais eu un problème avec le chauffe-eau. Et puis il y avait le type du dessus qui nous rendait tous fous avec ses leçons de trompette. Un calvaire ; plutôt que des exercices, on aurait dit des carnages permanents de chats. Un soir, Romano Antonio s'est retourné une dernière fois avant de sortir. Il a juste dit :

— Moi aussi, j'ai perdu une petite fille.

Et il est parti.

Quand on enlève votre fille, vous essayez toutes les voies possibles. Les journaux avaient exploité notre histoire à fond ; les événements de ce type sont impitoyables, ils vous individualisent au sein du monde.

Votre force ne suffit pas : il faut de l'argent, sinon la flamme s'éteint. La vie continue, il y a d'autres nouvelles à mettre à la une. Les recherches des enquêteurs s'enlisent : aucune trace à suivre, rien de rien. En quelques semaines, vous vous retrouvez là, décapitée et c'est tout, en train de maudire les choix des années difficiles où personne n'a jamais insisté pour que vous passiez un diplôme – grâce auquel vous pourriez maintenant avoir une position, obtenir plus d'écho, au lieu de rétrograder comme ça jusqu'au dernier entrefilet de l'actualité locale. La déclaration imbécile d'un ministre vous pulvérise : l'épisode Laura a eu lieu. Le énième nom qui est allé étoffer le fonds d'archives des enfants disparus. Marco, malgré la "mauvaise passe", se force à aller monter des échafaudages, le visage déchiqueté ; on a du mal à venir à bout des factures, alors acheter une demi-page dans un journal national, c'est de la science-fiction. Côté téléphone rose, vous laissez tomber tout le monde, il n'est pas envisageable de continuer à écouter les cochonneries des pervers. Ni de préparer à dîner, du reste. Respirer, c'est déjà toute une affaire. Le seul avec qui vous continuez à parler a la voix d'un père. Il a toujours été un client facile, sans dépravation particulière, à part le fait qu'il restait pendu au téléphone, même pendant deux heures d'affilée. Ils sont rares, mais il y a aussi ceux qui ont juste besoin de compagnie. Des coups de fil qui ressemblent à une étreinte, immobiles et habillés de la tête aux pieds sur un lit d'hôtel. Romano Antonio était comme ça. Au lieu de me demander quel genre de culotte je portais, il disait : "Comment tu vas ?" Des bavardages sur le rien, sur le tout d'une vie normale. Puis Laura. Cette explosion. Romano Antonio payait pour m'entendre pleurer au téléphone. Le chèque du centre d'appels arrivait sans faute. Il équivalait au salaire d'un ouvrier avec des dessous-de-table pour les heures supplémentaires – lequel ouvrier s'endormait maintenant sur le canapé, souvent sans enlever son bleu de travail couvert de peinture durcie. Si je ne me suis pas retrouvée moi aussi contre le muret central d'une quatre-voies à trois heures du matin, ivre morte, le mérite en revient à un inconnu.

Quand Romano Antonio nous rend visite, je l'appelle comme ça : Papou. Encore aujourd'hui, Daniele gobe les conneries que je lui ai racontées à l'époque : le père avec lequel j'avais renoué après une vie. Propriétaire d'une entreprise de nettoyage, sans grande histoire derrière lui – à part l'aventure avec cette belle jeune femme qu'était ma mère. Un scénario écrit par le destin. Daniele a beaucoup d'affection pour Papou mais il lui en veut aussi depuis que Laura est revenue : il savait et il s'est tu. Si auparavant je le surprenais sur le site de la banque en ligne, l'historique de navigation me révèle maintenant que ses dernières recherches portent sur mon nom, sur celui de ma fille. L'enlèvement remonte à 1999, quand Internet devait encore se développer. Peu de nouvelles, juste deux liens à des années-lumière, après des pages et des pages. L'accident de Marco. En tapant "monstre du golfe", on obtient bien plus de résultats.

Parfois, je m'arrête dans un bar avec le wifi, je regarde ce visage. YouTube explose de vidéoconférences et de reportages télévisés sur l'arrestation, avec de gros plans de lui au tribunal, en train d'attendre la sentence. Sur une page, il vous accompagne dans un voyage passionnant concernant l'histoire du design (qui aurait dit qu'on pouvait parler d'un fauteuil pendant des heures ?) ; sur la page suivante, un arrêt sur image capturé par une caméra de surveillance qui l'a pétrifié pendant un transfert, menotté et tête basse. Dans les commentaires, les gens lui souhaitent la mort. Sur une autre page, il poursuit, exalté par la nécessité d'une citation : "La forme n'est pas le but, mais le résultat de notre travail." Les écouteurs enfoncés dans les oreilles, j'écoute cet illustre personnage, qui a même reçu il y a quelques années les clés de la petite ville. Une fête en grande pompe. Tout le monde acclamait ce fer de lance culturel, cette source de fierté qui illuminait le ventre mou de la province enfermée dans sa torpeur sans fin. La présence d'un grand ponte qui avait accès aux universités du monde contribuait à nous secouer : c'était possible. L'un d'entre nous y était arrivé. Ce n'était pas un film.

Au début, la chose qui m'a fait tomber amoureuse de Milan, c'est ça : personne ne vous regarde, ils tracent. Chacun est un fantôme aux yeux des autres. Des hordes de gens emportés par une vitesse qui ne va nulle part, pourtant ils continuent à marcher d'un pas pressé, le regard fixe. J'ai compris l'âme de la ville un matin, quand je me suis décidée à quitter le deux-pièces pour faire un tour dans la rue. Ça faisait des jours que je ne voyais pas la lumière du soleil. On aurait dit un don, tellement inattendu qu'il a même réussi à m'étourdir. Je ne m'étais pas encore habituée : malgré l'absence de Laura, tout suivait son cours. À un moment donné, j'ai vu un type par terre au bord d'une plate-bande. Il était couché sur le ventre, les bras le long du corps, les paumes vers le haut (un détail qui m'a impressionnée) et le visage caché par les plantes. Coupe-vent bleu, jean, tennis. "Peut-être qu'il est mort", ai-je pensé. Dans les parages, pas l'ombre d'une bouteille, d'une seringue. Une dame d'un certain âge est passée près de moi avec un petit chien en laisse. D'instinct, j'ai montré le pauvre gars : elle a continué tout droit sans même me regarder. Je suis restée là assez longtemps, figée, comme suspendue. On aurait dit qu'une force particulière m'alignait avec l'alphabet de cette ville ; il m'entrait dans le sang, me modifiait. Entre-temps, j'observais les passants jeunes et vieux qui arpentaient le trottoir. Certains ne s'apercevaient de rien, leur cerveau n'enregistrait aucune anomalie. Le coup de massue, je le recevais de ceux dont les yeux se posaient en revanche sur le corps : ils le survolaient. La scène causait autant d'émoi qu'un sac en plastique. Qu'un mégot de cigarette écrasé. Un monsieur s'est arrêté pour renouer son lacet. Un regard de côté, puis il s'est énervé tout seul : le nœud était raté, il a été obligé de le refaire en perdant un temps précieux. Voilà ce que j'ai pensé quand je suis sortie de la cabine téléphonique, après avoir averti qui de droit : "C'est ça, l'endroit où je veux vivre." On aurait dit un monde de psychopathes réunis pour moi, qui n'avais qu'un seul désir : passer inaperçue.

La même chose arrive à Laura, aujourd'hui. Je détourne les yeux de l'écran de mon portable et je la vois filer à toute allure le long de la vitrine du bar. Je laisse l'argent sur la table, je sors.

Les premiers jours, je n'arrivais même pas à lui parler, mais je me forçais. C'était comme vomir des cailloux. Je frappais à sa porte. “Entre”, disait-elle. J’entrebâillais le battant. Je montrais un plateau avec du thé chaud et des biscuits. Elle souriait. Ça me donnait la chair de poule.

Elle lisait les livres de Daniele. Le matin, je remarquais un nouveau vide dans la bibliothèque. Les distractions d’un petit homme moyen : des inspecteurs, des détectives qui ramenaient l’ordre en livrant le mal à la justice. Laura absorbait cette matière du soir au matin. Les pages n’étaient ni pliées ni cornées, rien. Elle ingurgitait, passait à autre chose. “Comment ça va ?”, je demandais, toujours sur le seuil. Elle répondait comme une extraterrestre : “Bien.”

Ça m’a fait un choc quand je lui ai donné un téléphone portable : elle savait s’en servir.

Donà venait chez nous. “C’est normal”, disait-il. Il nous fournissait des détails, des bases, des clés de lecture pour interpréter Laura. Jour après jour, il étoffait son profil avec des précisions sur ce qui avait été récupéré dans la salle de torture. C’était comme visiter les coulisses obscènes des cours sur YouTube, grâce auxquels ma fille avait le niveau licence dans toutes ces matières. Quand j’entrais dans sa chambre, un seul mouvement du cou lui suffisait pour enlever son écouteur droit. D’un geste rapide de l’index, elle bloquait la vidéo, la chanson. “Tu as froid ? Tu veux une couverture ?” Son regard disait : “J’ai passé la plus grande partie de ma vie dans une cage en fer, été comme hiver.” Et sa voix : “Je suis bien comme ça.” Dès que je refermais la porte, je recevais un message avec un smiley.

Ça m'est utile de la suivre, comme il m'était autrefois utile de me perdre dans le ventre de la ville : comprendre une algèbre. Laura s'arrête devant les vitrines décorées pour Noël, elle fend Milan comme un tesson empoisonné. Au début, voici ce que je pensais : "Elle se découvre. Elle fait l'expérience des distances." Puis je me suis rendu compte qu'elle mentait : elle disait avoir passé tout l'après-midi au parc, alors qu'elle avait parcouru une quinzaine de kilomètres au hasard. Le podomètre était sans équivoque ; mes articulations détruites aussi. Elle se jetait sur un banc ou un autre, la musique toujours dans les oreilles. Elle regardait les gens. Elle photographiait le ciel, les flaques, les immeubles. Puis elle se laissait avaler par le métro, elle émergeait en banlieue. Ou bien elle se faufilait dans un tram. C'était difficile de ne pas se faire semer. Je recevais un coup de poing dans le ventre chaque fois que je me projetais à sa place, là, au bord de n'importe quel carrefour : j'avais été pareille. Une âme effilochée qui s'engouffre dans les escaliers, se rue dehors sans raison à une station de la ligne rouge en luttant contre les portes coulissantes, le cœur serré. Parfois, j'arrêtais le premier venu, je demandais l'heure. Ça me permettait de me distraire de la panique : un visage, des yeux dans les miens, des mots.

Souvent je me retrouvais à la table d'un bar, à les laisser me saouler. Pour ensuite me réveiller je ne sais où ni avec qui, utilisée.

Laura s'enferme. Les années passent mais elle continue à le faire. C'est comme une abstinence ; peut-être qu'elle essaie de toutes ses forces, pourtant il y a des périodes où elle ne peut vraiment pas s'en empêcher et rechute.

Pour commencer, elle prend le large. Dans le métro, elle reste le front baissé ou ferme simplement les paupières, blindée par la musique de son portable. Aux stations, elle incline la tête : elle veut perdre tous les points de repère. Pour porter son esprit ailleurs, elle sort un livre. Jusqu'à ce qu'elle se décide tout à coup : elle se lève d'un bond et se précipite dehors. Elle se jette sur le quai parmi d'autres marcheurs à la dérive, les yeux au sol. Pour finir, elle s'engouffre dans n'importe quel bar et se terre dans les toilettes. Elle est capable de passer une heure là-dedans. Jusqu'à ce qu'ils viennent frapper à la porte, un peu inquiets. Souvent, pour se justifier, elle improvise une petite scène, elle parle de serrure bloquée, de crise cardiaque qu'elle sentait venir… D'autres fois, elle invoque un vertige, un malaise qui l'a laissée là évanouie pendant tout ce temps. Alors ils la regardent comme une junkie.

Elle fait pareil dans les sanisettes, les toilettes de la gare. Elle n'y prend pas le même goût : pour trouver la paix, elle a besoin de se perdre, de devenir un point invisible sur le plan de la ville. Ça arrive même à la maison. Je ne l'ai jamais dit à Daniele, mais un matin je suis allée la réveiller : le lit n'avait pas un pli. Sur le moment, j'ai pensé qu'elle était déjà sous la douche (Laura sait se déplacer comme un fantôme, elle apparaît parfois brusquement sur le seuil d'une pièce en me faisant une de ces peurs). Ses vêtements à leur place habituelle, bien pliés sur la chaise du bureau. J'ai entendu un bruit sourd quelque part. Et puis un drôle de son, comme un petit animal qui ronge quelque chose derrière la plinthe. J'ai jeté un coup d'œil autour de moi. J'ai fini par comprendre : ma fille dormait dans le placard.

Laura fume. Ça aussi, c'est une chose qui me donne le tournis. Avant de s'embarquer dans ses trajectoires azimutées, elle s'arrête chez le buraliste au coin de la rue. Dès qu'elle en sort, elle enlève l'emballage du paquet et met une cigarette entre ses lèvres. Elle rentre vers le soir, après avoir mâché plein de chewing-gums devant la porte cochère, mais ça se sent quand même.

Pour le reste, elle ne fait rien de mal. Elle ne saute pas la moindre séance avec Francesca, la psy que Donà nous a vendue comme un génie absolu. Elle s'est même créé un groupe d'amis – elle est mignonne, au début elle n'est pas passée inaperçue aux yeux de Cristian, le type du sixième étage. À force de la croiser dans l'ascenseur, il l'a invitée à une fête. Je l'ai tout de suite dit à Daniele :

— Qu'est-ce qu'elle en sait, de ces choses-là.

Ce n'était pas une question. Les petits amis, les baisers, les premiers attouchements et ainsi de suite. Elle est sortie maquillée à la perfection mais de façon discrète.

— Qui le lui a appris ?

Ça, en revanche, c'est très exactement une question. Lui, il est resté silencieux et c'est tout.

La nuit, j'ouvre les yeux et je me retrouve assise sur le lit. Ce moment ne dure peut-être que quelques secondes mais ça me paraît une éternité : où est-ce que je me trouve, quel est ce type qui dort à côté de moi ? La chambre n'est pas la mienne. Le plus terrible, c'est le début : je n'arrive pas à me donner un nom. “Laura”, je m’entends dire dans ma tête, ça surgit tout seul. Puis le réalignement commence, un fil invisible s’incarne et je retrouve le chemin de la maison. Quand je me laisse aller sur l’oreiller, je sais tout : ma fille est dans sa chambre, Daniele respire péniblement à deux doigts de moi. Marco n’existe plus. Et moi, je suis moi-même, dans une vie recomposée sur la toile par un peintre fou.

Pendant les séances avec Francesca, je finis par parler plus de moi que de Laura. C’est une professionnelle très gentille, peut-être qu’elle est obligée de se doper pour garder sa lucidité. Elle reste derrière son bureau et s’approprie la noirceur des gens. À la voir, on dirait que rien ne l’ébranle. Elle enregistre, elle note, elle mémorise. Puis :

— Vous êtes encore en train de vivre le traumatisme, fait-elle. Laura n’est pas la seule qui doit se réadapter à une vie normale.

On peut dire ce genre de choses sur le retour d’une fille disparue ? Je devrais être toute lumière, rugissements de bonheur. Un hurlement de soleil tous azimuts. Alors que je vis chez moi comme si un trou noir qui aspire tout et arrête le temps était apparu à l’improviste au bout du couloir. Je ressens une vibration derrière mes yeux, comme pendant la période de l’alcool, et pourtant ça fait des années que je n’ai pas vidé une bouteille.

— Il faut que vous arrêtiez de la suivre, dit Francesca.

Elle ajoute :

— Laissez-la faire. Qu’elle se perde dans le monde. Vous verrez que les “rechutes” s’espaceront peu à peu…

Se perdre. Je le lui ai déjà accordé une fois, de façon inhumaine. Comme Marco me l'a ensuite accordé : il a ouvert les mains et chassé d'un souffle le papillon aux ailes en flammes posé sur ses paumes.

Je regarde cette analyste de génie et je dis :

— Je ne peux pas permettre qu'il lui arrive encore quelque chose de mal.

Ce qui me brise, c'est ça : peut-être que c'est à moi-même que je le hurle. Laura vient après. Je dis :

— Il m'a fallu presque trois lustres pour refermer cette blessure. Je n'étais pas prête. Ça m'oblige à repartir à zéro.

Dans les profondeurs obscènes de moi-même, il y a une folle qui vocifère jour et nuit : cette fille ne devait pas revenir. Sa réapparition est un affront au travail accompli pour sauver ma peau.

Daniele est gentil, mais il l'étudie. Laura n'est pas idiote, elle s'en rend compte et joue le jeu, elle se laisse radiographier. Elle est nette et précise. Parfaite. Elle parle d'un dîner avec son groupe d'amis, puis hasarde : elle voudrait un ordinateur, même un vieux ferait l'affaire.

— Il faut que je travaille.

Sur quoi. Comment. Pour qui. Quoi qu'il en soit, Daniele finit par rapporter à la maison un vieil appareil d'il y a trois ans, de ceux qu'ils utilisaient au bureau, qui prenait désormais la poussière dans la pièce des archives. Dès que Laura le voit, son regard s'illumine de façon étrange. Puis elle dit :

— Merci.

Elle passe la nuit dessus. Pendant des heures, je regarde la ligne bleuâtre qui filtre sous sa porte. Le jour, elle sort, elle marche. Elle s'enferme. Moi, je la suis, même si la chose me fait me sentir sale. Une fois par semaine, je vais vider mon sac chez Francesca :

— C'est terrible à dire, mais la vérité, c'est ça : je ne lui fais pas confiance. Elle a quelque chose.

Je fais une pause. Puis j'ajoute :

— Ma fille fume des cigarettes.

Ce sont des batailles que je perds à la première estocade.

— Votre fille réagit de façon surprenante.

Alors je la regarde de travers.

— Et ça vous paraît normal ?

— Elle m'a envoyé une demande d'amitié, ai-je dit à Daniele.

Il a été atterré ; il savait ce que ça signifiait pour moi de prononcer ce genre de phrases. J'ai eu besoin de deux jours pour cliquer sur "accepter".

Laura publie des photos, des chansons. Chaque fois que je vois un post d'elle apparaître sur ma page d'accueil, je vacille. Elle disparaît pendant quatorze ans ; elle revient et copie-colle des URL. Elle aime des musiciens dont je n'ai jamais entendu le nom. Un soir, alors que Daniele lisait un de ses petits livres pour faire venir le sommeil, j'ai dit :

— Peut-être que c'est un code.

J'ai ajouté :

— Et si Laura essayait de communiquer quelque chose ?

Ce genre de délires sous le regard bovin de mon compagnon, qui est en train de me redessiner. Il feint de croire que tout est normal, il me réconforte tant bien que mal. À l'intérieur, je le sens : il bat en retraite. Il est consterné. Il ne me reconnaît plus. Mais surtout, il reçoit ce coup de couteau, qui va plus loin que mes omissions : je suis moins prête que jamais à lui donner un fils. Mon passé a frappé à la porte en balayant tant d'expectatives. "Bonjour", fait Laura en entrant dans la cuisine le matin. Parfois, Daniele rejette la tête en arrière. "Bonjour." Il le dit comme s'il avait affaire à une extraterrestre.

Pendant les années de perdition, la douleur a servi à me rapprocher des livres. Ils n'étaient pas des remèdes absolus. Juste la tentative de donner un nom à la tempête. Je m'étais aperçue d'un tour de magie : les pages sont en mesure de déclencher des questions énormes, qui contiennent en tout cas beaucoup de petites réponses simples. Je l'ai découvert à quarante ans, comme une idiote. Avant l'enlèvement, je n'étais que moi, ma vie roulait dans la seule direction possible pour une jeune mère élevée dans l'ignorance. Le retour de Laura a surpris une femme qui s'était reconstruite avec du fil de fer barbelé. Pour ce faire, je m'étais traînée par les cheveux dans les bibliothèques, les musées. Je ne pouvais pas être la seule au monde à éprouver ces abîmes d'anéantissement. Il arrivait que j'entrevoie une lueur d'espoir. En fin de compte, ça servait à ça : une compagnie. Le baume d'un instant contre la solitude qui ne me laissait aucune issue dans la cohue de la Galleria del Corso. Si j'ai commencé un jour à redresser la tête, je le dois à des étrangers qui ont fait usage d'encre et de pinceaux ; des types qui taillaient le marbre, faisaient vibrer les cordes d'un piano. M'ensevelir dans le silence d'une exposition sur les Sumériens, c'était me donner une possibilité : je ne regardais pas les ors, les brocarts. J'écoutais les millénaires. Il y avait un certain fermoir finement ouvragé. Et il y avait moi. Au milieu, l'accablement de vies et de vies dispersées dans le fleuve du temps. Amours, morts, aventures et tragédies en tous genres. Un grand, énorme gaspillage qui me portait maintenant là, à me briser sur le reflet d'une vitrine avec des gouttes de tranquillisant dans les veines. Je visitais l'exposition permanente et je restais ébahie devant un Carrà pendant une heure. Moi, carrément.

Laura aussi étudiait ; enfermée à l'intérieur d'un conteneur. Donà dit que la préparation à laquelle le fou l'a soumise peut être interprétée de plein de manières : je me fiche de les connaître, même la moitié d'une. Le fait est qu'il l'a manipulée, polie jour après jour. Donà écarquille ses gros yeux liquides et dit :

— Cette jeune fille sait programmer en DOS, si vous voyez ce que je veux dire. Elle connaît à la perfection au moins quatre langues.

Un bijou. Pour son âge, c'est une grosse pointure. Elle sait comment se sont produits les déplacements des peuples, elle a une image claire et informée des dynamiques géopolitiques. Je l'épie par en dessous, pendant le journal télévisé : elle scrute l'écran, lit les nouvelles sous les nouvelles. Elle soupèse les protestations d'un chef d'État en visite au Qatar. Elle a l'intuition d'un monde enfoui sous les drames d'une banque qui a mis tant de braves gens sur la paille. Bref, à en croire notre avocat, ma fille est prête pour faire du trading.

Ces marches sont épuisantes, je n'ai pas les temps de récupération d'une jeune femme de vingt-deux ans. Je dois souvent me reposer. L'appartement vide, avec cette chambre toujours parfaitement rangée. Je n'ai pas besoin d'y donner un coup de chiffon pour enlever la poussière. On pourrait pratiquer une opération chirurgicale là-dedans. Je passe plusieurs minutes sur le seuil, collée au chambranle. Puis je me décide : je traverse la chambre jusqu'à l'ordinateur. Je déplace la souris, un fond d'écran apparaît. Un désert américain illimité. Ciel bleu, roches rouges vieilles comme l'Univers. Au milieu, la case pour le mot de passe.

J'essaie : je me trompe toujours. Pendant la journée, j'en élabore par dizaines, que je note sur des bouts de papier. L'image du désert réapparaît au bout de trois minutes d'inactivité et je me le demande : pourquoi un mot de passe ? Laura veut rester là, terrée. Elle a besoin d'une cellule à elle. Le soir, Daniele accueille mon énième délire :

— Peut-être qu'elle parle à quelqu'un.

Je le vois perplexe.

— Comme toutes les jeunes filles de ce monde, répond-il.

Mais ça ne me suffit pas.

— Et s'il lui avait confié une tâche ?

Il reste le souffle coupé ; ce n'est peut-être pas une hypothèse à écarter. Puis il minimise, il m'invite à arrêter. Ça ne mène à rien de se tourmenter avec ce genre de fantasmes, il faut qu'on pense à bien faire, qu'on prenne les choses comme elles sont, qu'on regarde devant nous.

Qui sait ce qu'elle raconte à Giovanni. C'est un brave garçon, on l'invite souvent à monter pour un café quand il passe la prendre. Daniele a tout de suite accroché avec lui. Moi, je l'étudie. Mais pas comme une mère tiendrait à l'œil le jeune homme qui emmène tout à coup sa fille unique au cinéma (tout le monde sait comment ça se termine, ce genre de choses) : une partie de moi essaie de comprendre s'il a besoin d'être protégé. Giovanni est bien élevé ; parfois, il apporte des petits gâteaux. L'université le crève, il se donne du mal. Daniele l'estime beaucoup, il lui rappelle celui qu'il était lui-même autrefois ; il en était même arrivé, en vue de poursuivre ses études sans renoncer à son indépendance, à faire trois jobs en même temps – quand il part sur cette rengaine, je me tirerais une balle dans la bouche. Laura déboule dans le salon avec un sourire à vous clouer au sol ; son petit ami se lève d'un bond. Même les murs le comprennent : il en pince pour ma fille. La seule chose qu'il désire, c'est réunir l'argent nécessaire pour l'emmener dîner. Alors je me sens happée et je vois Marco, le sans-le-sou d'une autre vie, avec son sourire spectaculaire. À vingt ans, il avait déjà les mains calleuses. “Un jour, je t'emmènerai en Amérique”, disait-il souvent. Alors qu'on venait de s'asseoir, peut-être, dans une pizzeria de rien du tout avec des serviettes en papier. Mon cœur sortait de mon cœur tandis que je le regardais. “On y est déjà.”

Le pacte, c'est de garder nos secrets ici, entre les murs de l'appartement. L'arrivée de Laura nous a transformés en acteurs improvisés, contraints à jouer le rôle de l'oncle et de la tante aimants qui accueillent leur nièce, lui fournissent de l'aide et un logement en attendant qu'elle trouve sa voie dans la ville, où ont lieu les choses importantes. Ma fille est impressionnante : “Bonne nuit, Anna.” Elle le dit en me regardant droit dans les yeux. Daniele, lui, n'y arrive pas, il détourne le regard. Il se jette sur Giovanni avec une fougue anormale, que le jeune homme accueille en tout cas de bon cœur, il se sent apprécié. Puis ils s'en vont, la porte se referme, l'appartement sombre dans le silence. Devant moi, il y a cette personne formidable qui m'a sauvé la vie. En certaines occasions, son visage prend un pli particulier, comme s'il était à bout de forces. La dissimulation n'est pas son fort, même s'il feint un peu d'entrain en me proposant un dîner de poisson. Tout à coup, l'envie de se mettre aux fourneaux l'a pris, il ouvre les placards, il en sort poêles et casseroles. Il débouche un blanc qu'il avait mis de côté. Même au moment du toast, on n'arrive pas à respirer avec spontanéité.

Un soir, je lui ai dit à brûle-pourpoint :

— Ne me quitte pas.

Il ne m'a pas paru surpris par ces mots, peut-être qu'il les attendait depuis longtemps. Il m'a fait son sourire ; pendant un instant, il est redevenu limpide.

— Ne dis pas de bêtises.

Il a essayé de me prendre dans ses bras, mais je l'ai arrêté.

— Je t'en supplie.

J'étais sérieuse, j'avais peur. Il a baissé la tête. Puis :

— Demain, je vous emmène dîner chez Berton.

Daniele tend à résoudre les problèmes à coups de fourchette. Au début, ça me tapait sur les nerfs, puis je suis tombée encore plus amoureuse : une table, manger et boire (se garder vivants), nous. Dommage que ce restaurant étoilé soit toujours complet, en janvier ils prennent les réservations pour septembre.

Un soir, j'ai dit "Ne me quitte pas" à Daniele, et il m'a répondu par un petit mensonge.

Je choisis toujours des bars différents sur la parabole que Laura trace depuis qu'elle a commencé à sortir. Les premières semaines, il y avait un mur invisible au bout de la rue. Elle se figeait, gardait à l'œil les points de repère qui la ramèneraient vite dans sa chambre en cas de nécessité. Une petite bête qui explore un à un les carreaux de sa nouvelle maison après un mois passé derrière le canapé. Puis il y a eu la rue d'après, et celle d'après encore. La station de métro a été une étape importante, qui a demandé du temps. Laura restait là, adossée au mur de l'immeuble, à regarder les fournées de passants disparaître et apparaître dans l'escalier. Elle a fini par se décider, elle s'est laissé avaler. Un plongeon dans l'inconnu qu'elle expérimente encore aujourd'hui, en allant souvent jusqu'au terminus. Elle sort, tourne dans les banlieues. Elle pousse la porte en fer d'un bar sale, de ceux dont l'enseigne est cabossée par les jets de pierres, d'où la vague sourde d'une musique à fond déferle dans la rue à trois heures de l'après-midi. Encore une fois : c'est moi pendant les pires années. Les attentes me dévorent, au coin d'un quartier de délinquants où je risque de prendre un coup de couteau, de rues désertes où il est difficile de rester dans l'ombre. Et puis la voilà, indemne. Elle regarde aussitôt son portable et découvre à quel endroit de la ville elle se trouve. Ça l'amuse de retrouver le chemin de la maison.

Parfois, j'entre, je jette un regard autour de moi. Il m'arrive de pousser jusqu'au comptoir, mon âme suspendue à mes yeux. D'un côté, je redeviens celle d'autrefois, de l'autre, je suis submergée par l'évidence : ma fille est encore prisonnière. Pour justifier ma présence, je renoue parfois avec le passé : je commande une vodka. Sèche. À quatre heures de l'après-midi. Je me retrouve face à face avec les gérants qui, vu mes vêtements et mon attitude, écrivent en lettres d'or dans l'air : une traînée qui a perdu son lustre d'antan. C'est peut-être vrai. À ce détail près que Laura est dans les toilettes de ce trou. Elle reste terrée là, à faire Dieu sait quoi. Dans mon imagination, je la vois assise sur le couvercle des sanitaires et c'est tout, les écouteurs aux oreilles. Des immersions dans une capsule pour reprendre de l'air avant de sortir en apnée. Quand j'en parle à Francesca, je l'entends répondre :

— Et vous, combien de temps il vous a fallu pour arrêter de boire ?

Je ne peux pas mentir : des années. Au début, malgré Daniele, je continuais à garder une bouteille au fond du placard. Le simple fait de la savoir là me permettait d'affronter la journée.

— Pour Laura, c'est pareil, dit-elle. Ça passera. Ne soyez pas tout le temps sur son dos.

J'avale mon verre en quelques minutes et je sors, la seule chose qui me tient à cœur, c'est que ce ne soit pas un endroit peuplé de brutes épaisses. Si c'est le cas, j'appelle la police dans la seconde. J'invente une bagarre, je signale un ivrogne importun ou un soupçon de trafic bizarre.

Les connaissances qu'on fait dans certains bars de banlieue en plein jour sont les mêmes qu'à mon époque : pères dévastés, jeunes filles tenues en laisse par un petit ami historique qu'elles supportent à coups de caisses de Ceres. Les pires, ce sont les types entre deux âges : ils ont joué leur va-tout et auraient besoin d'un tour de magie pour se réinventer. Ils sont dépenaillés ou en costume-cravate, durs à en mourir. Je les reconnais à leur regard fissuré, à leur air absent. Dans certains cas, ça ne les intéresse même pas de boire : ils sont échoués là et c'est tout, comme des récipients charriés par les courants, coincés dans l'anfractuosité d'un écueil dont ils n'arrivent pas à s'extraire. Ils ne m'adressent même pas la parole : ils ne voient rien. Mais le type d'aujourd'hui essaie, il tente une manœuvre :

— Belle journée, dit-il.

Il adresse ces mots à une femme bien habillée, qui tient un verre lourd à une heure improbable. Il est propre, il a le regard aiguisé. Rien à voir avec certains personnages qui me prennent pour une fille de joie à la retraite.

— Oui, réponds-je.

Et je regarde dehors. On dirait que le ciel s'écrase par terre. Milan est peut-être le centre de quelque chose, mais vue d'ici, la ville ne semble aller nulle part, sauf à la dérive.

— Le tableau, insiste-t-il.

— Comment ?

— Le tableau.

Il fait un signe vers les étagères en hauteur, au-delà des bouteilles. Il y a la gravure habituelle des chiens qui jouent au poker.

— C'est mignon, dis-je sans enthousiasme.

— Chaque fois que je le vois, il accroche mon regard.

Je jette un autre coup d'œil au dessin délavé. Il est à moitié gondolé, bien qu'il soit sous verre. Je dis :

— Des chiens qui jouent au poker. Une provocation ou un truc dans le genre.

— *Un ami en difficulté.*

— Pardon ?

— C'est son titre : *Un ami en difficulté.*

— Ah.

— Le bouledogue passe un as de trèfle à son camarade sur la gauche.

— Ah oui.

— C'est le seul qui lui manque pour avoir un beau poker.

— Je n'avais pas remarqué.

— Et pourtant…

— Pourtant ?

— Regardez les autres joueurs.

— Je les vois.

— Regardez-les bien.

— Ce sont des chiens. Ils jouent au poker. Une provocation ou un truc dans le genre.

— Sept chiens.

— Oui.

— Ils tiennent tous leurs cartes levées. Sauf le bouledogue.

— Oui.

— Le camarade auquel il passe la carte sous la table porte le même collier.

— On dirait.

— Ce n'est pas la seule chose qui les relie.

— Le truc des as.

— Hein ?

— …

— Les jetons.

— Ils sont les seuls à gagner.

— Exact.

— Ils ont des piles de jetons. Les autres presque rien.

— Exact.

— Ces deux-là sont en train de massacrer les autres.

— Ils sont de mèche.

— C'est drôle. J'ai dû voir ce tableau des millions de fois, et…

— *Un ami en difficulté.*

— Ça sonne autrement, maintenant.

— Ils sont deux. Les plus petits. Ils misent le même pot. Et pourtant les autres se sont peut-être aperçus de quelque chose. Vous voyez les regards ?

— Oui.

— Le dessin est arrêté là, à cet instant précis : peut-être que ça va bientôt se terminer en tragédie.

— Le berger écossais se met en colère et renverse tout.

— Le doberman sort un pistolet.

— Encore un peu et je me sens à cette table moi aussi…

— Coolidge.

— Pardon ?

— L'artiste s'appelle comme ça.

— Ah.

— Peut-être qu'il voulait nous dire ça : on est tous à cette table. Tout peut arriver.

Puis le propriétaire du bar se secoue, une alarme se déclenche dans sa tête.

— Putains de junkies… ronchonne-t-il en se dirigeant vers les toilettes.

L'inconnu et moi on se détache de nos tabourets, on met des pièces sur le comptoir en même temps.

— Je vous invite, dit-il.

Mais je m'en vais en laissant quand même mon argent.

Daniele l'a toujours dit : si c'était un garçon, il aimerait l'appeler Igor. Il n'en parle plus. Il s'anéantit jour après jour dans ce carnage en tant que spectateur, alors qu'il y a quelques mois encore il était le protagoniste incontesté. Les décisions étaient ressenties, elles programmaient le changement. Des mots qui avaient le goût des hypothèses excitantes – en fin de compte, on vit de ça. Maintenant il est mort, comme abandonné au centre d'un lac ; les flots stagnent.

— Moi où je suis, demande-t-il à la fin d'une dispute les dents serrées.

C'est un pion qui a perdu non seulement sa couleur, mais aussi son échiquier. La partie se joue à une table qui n'est pas la sienne. Il ne sait pas comment le dire, c'est moi qui lui tire les vers du nez à coups de pioche : il est renversé par une vie qu'il n'a pas choisie. Laura a été sauvée d'une cage et nous a enfermés. Ce sont de solides barreaux, surveillés par des gardiens comme des chiens. Daniele aime bien ma fille. Il dit, avec une certaine gêne : "Moi, je suis normal." Il n'y a rien de mal à être un homme parmi tant d'autres, avec une histoire qui dégouline de banalité. Puis il pense à Giovanni, notre accord lui fait horreur. On est en train de dépouiller un gamin. On lui soustrait la vérité, alors qu'il donne tout ce qu'il peut, comme il est beau de le faire à cet âge-là. Daniele l'imagine en train de compter ses pièces de monnaie en fin de soirée après avoir renversé le bocal à pourboires. "Avec ça, j'emmène Laura quelque part", se dit-il peut-être en se fichant de l'examen d'architecture du paysage. Laura patine sur cette mer de glace et nous, en dessous, on est en train d'agoniser dans un centimètre d'air. Elle est dans son droit, advienne que pourra. Elle a payé une addition qui écrase tout le monde. Impossible de lui dire non, même si elle demandait un lance-flammes. Elle a été mutilée, circonscrite. Et donc elle a raison. Elle existe en un point particulier des choses ; un rien peut altérer son équilibre. Laura est le rivage d'un océan inconnu. Lequel inonde et submerge quoi qu'il en soit les petits bateaux. À commencer par le mien.

Suivre Laura, c'est comme un entraînement. Après la première détente à toute allure, elle ralentit parfois le pas, elle se distrait. L'écran de son portable à un doigt de son nez, comme tous les jeunes de son âge. Milan est le lieu adapté pour ce genre d'indifférences, ceux qui y vivent ne voient qu'eux-mêmes, le reste est une démolition en cours. Laura semble moulée sur cet horizon : cou plié, démarche plombée. L'iPhone la commande ; il y a des moments où elle risque sa vie, elle marche la tête ailleurs. Puis elle sort un calepin et note quelque chose. Elle le fait à l'improviste, en déviant vers le mur d'un bâtiment qu'elle utilise comme appui. Elle écrit avec fougue, comme si elle avait découvert qui sait quelle nouvelle. Dans certains cas, elle sourit. Elle prononce des mots avec les lèvres. Elle se remet en marche.

Il arrive qu'on essaie d'en discuter pendant le dîner : qu'est-ce qu'elle aimerait faire ? Peut-être l'université ? La licence, c'est un bout de papier qui est quand même utile. “Celle qui te le dit, je fais, c'est une femme qui s'en est brusquement rendu compte à trente ans bien sonnés." Elle arrête de manger, pendant un instant ses yeux se perdent dans le rien. Ce sont des suspensions qui nous maintiennent là, accrochés. Puis ça se résout de la manière habituelle, il lui suffit d'un seul mot : "Voyager". Dit par elle, ça sonne comme un coup de canon. Dans sa vie, elle a connu la zone 167 Ouest (dont on n'a jamais parlé), une boîte en fer (dont on n'a jamais parlé), le chaos de la ville. On se remet à manger. Mais Daniele fait une tentative, il attrape la balle et la fait tourner un peu. Des emplois qui portent à voir le monde, il y en a plein. Il s'amuse à en égrener une dizaine. Laura écoute en mesurant les bouchées. Elle ne s'enflamme pour rien.

Au lit, dans le noir de la chambre, je le dis :

— Elle n'a jamais posé de questions sur son père.

Sur le moment, ça semble tomber dans le vide, mais tout à coup Daniele répond :

— Moi non plus.

C'est un coup de couteau dans le dos. Il utilise des moyens de ce type pour me communiquer l'extranéité. L'entaille verticale de la comparaison : il y a eu un homme, autrefois. Un homme à qui j'ai donné ce que Daniele me demande aujourd'hui. Mes réticences n'avaient cependant rien d'une broutille ; et si j'ai été démasquée par le retour de Laura, ça ne peut pas devenir une condamnation, il n'a pas idée de ce qu'ont été ces années. Daniele reste de marbre. Il m'aime, il n'avait pas l'intention de me blesser, c'est juste que... Il ne sait même pas lui-même ce que c'est. Sur l'autre face de ma médaille, ce n'est pas une erreur de jeunesse qui est gravée, mais une affaire nationale.

Laura me tient aussi en échec sur ce versant : elle sait que Papou n'est personne. Elle avait quatre ans quand mon père a été enterré à côté de sa femme. Peut-être qu'elle s'en souvient. Un deuil énorme me prenait par surprise et je le lui disais (tout en lui faisant des couettes avant de la mettre dans le bus de l'école maternelle) : si elle n'avait pas été là, je me serais perdue. "Mais tu es là." Et je la serrais fort. Des étreintes où je la sentais comme la colonne qui me faisait tenir debout. Sans ma fille, la douleur m'aurait peut-être coupée en tranches avant de se répandre Dieu sait où. Laura était là. Elle m'appelait maman. Elle avalait la disparition de son grand-père avec cette acceptation un peu magique des enfants vis-à-vis des coups durs de la vie. D'un jour à l'autre, l'homme avec qui elle avait passé tous ses après-midi disparaissait dans le néant et se transformait en pierre tombale. C'était avec lui qu'elle avait fait ses premiers pas. Toujours avec lui qu'elle avait commencé à parler. Si ma fille sait faire un nœud, c'est grâce à mon père. Je rentrais de dix heures passées à l'hôtel et souvent je les trouvais sur le canapé devant la télé allumée. Elle, épuisée, qui somnolait avant le dîner. Lui, immobile et fier, comme les lions de granit sur les marches des cathédrales. Le premier souvenir du monde, c'est à lui qu'elle le doit. Comme les premières histoires, surtout celles sur certains de ses amis héroïques qui avaient jeté leur vie dans la fonderie : les artistes du fer. Ils faisaient sortir des têtes de cheval gigantesques de la fonte ; le clocher et les colonnes de la petite ville en sont un exemple encore aujourd'hui. Ma fille était confiée à la personne la plus gentille de l'univers.

Parfois, ils faisaient une promenade jusqu'au marché couvert, achetaient une pizza qu'ils mangeaient sur les marches de l'église ; s'il pleuvait, ils s'abritaient sous le portique. Laura me racontait les pigeons, auxquels elle laissait le dernier bout de son goûter. Il y en avait un boiteux, à qui elle avait donné un nom. Peut-être Filippo.

On était contents. Deux emplois mal payés et une retraite : d'autres étaient moins bien lotis. Puis l'enterrement. Mais qui n'a pas grandi dans l'aisance a ses larmes comptées, impossible de perdre du temps à se désespérer dans un fauteuil. La mort de mon père ne nous privait pas seulement d'une somme d'argent importante : d'une présence. Celle nécessaire pour assurer les besoins d'une petite fille. L'été tout proche, avec l'école maternelle sur le point de fermer ses portes en nous enlevant aussi ces heures de liberté, qu'on passait quoi qu'il en soit au travail. C'était débile de gaspiller nos journées pour salarier une nounou. Marco l'a dit :

— C'est débile.

Au moins restait-il à notre fille l'empreinte d'une mère.

Pour lui dire bonjour, elle lève une main. Papou lui sourit. Daniele lit cette distance comme un fait normal : l'extranéité, les distorsions d'une réclusion… Les baisers de Laura sont joue à joue : même avec moi, elle continue. La petite fable d'un père retrouvé tient la route pour l'instant. Il suffirait d'un rien pour faire tomber le château de cartes et révéler à mon homme une autre vérité, par rapport à laquelle je me suis accordé une omission au début :

je faisais la pute au téléphone. La voilà, la troisième face de la médaille.

On est tous des otages. Les mots que Laura prononce un soir nous surprennent comme si elle nous poussait brusquement dans le noir :

— Je voudrais revoir l'ancienne maison.

Daniele baisse la tête, il cesse de manger. Je suis sur le point de dire quelque chose du style : "On peut y penser", mais ça ne sort pas. Ma fille poursuit :

— Je voudrais y aller seule.

Francesca dit que c'est une étape importante : la distance, le retour. Laura a besoin de boucler la boucle. "C'est bon pour elle", proclame la psy de génie. Elle dit : "Votre fille doit résoudre une Gestalt."

Pourtant, ça me démolit de la voir faire ses valises. En même temps, je suis la mère la plus méchante du monde, une partie de moi implore : "Oui, va-t'en, je t'en prie. Laisse-moi souffler un peu." Ça fait des mois que Daniele ne me touche pas (si ça arrive, on le fait en silence, comme des voleurs).

Je lui conseille de prendre six paires de chaussettes : elle en attrape deux. De plier les pulls, les vestes : elle n'emportera que ceux qu'elle a sur elle. Il s'agit de quelques jours, pas d'une éternité. Il y a le bip de la recharge téléphonique : cinquante euros. Mes mots disent :

— On ne sait jamais.

Mon regard signifie : "La dernière fois que tu n'en as fait qu'à ta tête, tu as disparu pendant quatorze ans."

Sur le pas de la porte, il y a de la gêne, avec autre chose qui sent la catastrophe. Ce qu'éprouvent les mères des astronautes à l'approche du lancement, peut-être. Puis Laura dit :

— J'y vais.

Elle me donne un joue-à-joue, un autre à Daniele. On reste sur le paillasson jusqu'à l'arrivée de l'ascenseur. On se fait un signe de la main quand les portes se referment. Et ma fille disparaît dans une cage en fer.

POUPÉES

— Je te dis que je l'ai vue. Elle était vraiment là, dehors.

— D'accord.

— Tu ne me crois pas.

— Qu'est-ce que tu as envie d'entendre ?

— C'est quoi, cette question ?

— De temps en temps, tu ressors cette histoire…

— Elle restait plantée là, dans le parc.

— Comme les autres fois.

— Laisse tomber les autres fois.

— D'accord. Et maintenant, qu'est-ce qu'on fait ?

— Tu ne me crois pas.

— Je te crois : Laura était là. Elle regardait la maison. Et maintenant, qu'est-ce qu'on fait ?

— Elle était tellement différente…

— Quatorze ans de cette histoire, plus cinq depuis qu'elle a été retrouvée. N'importe qui serait différent.

— Elle avait un sac à dos rose fuchsia.

— La dernière fois, il était vert militaire.

— La dernière fois, c'était une fille qui passait par là.

— Alors que celle d'aujourd'hui…

— Tu vois ? Tu ne me crois pas.

— Martina, je sais que ce n'est pas facile.

— Quoi ?

— Eh bien, toute cette histoire, non ? Tu vis avec un fantôme sur le dos. Je suis fatigué.

— Je vis avec une amie intime qui a disparu un jour dans la nature. Ils l'ont retrouvée au moment où j'allais passer ma licence.

— Pauvre fille.

— Cinq ans de silence, même pas un coup de fil. Et ce soir, la voilà.

— Ce n'était pas elle.

— Je te dis que si. Cette fois, je ne me trompe pas.

— Comme cet été, quand tu es rentrée en larmes ; tu l'avais vue au supermarché. Ou la fois où…

— Arrête.

— Je dis juste que tu dois trouver le moyen d'en sortir. Ça ne sert à rien de vivre comme ça. Tu es toujours sur le qui-vive, comme les chats.

— Des fois, je la cherche sur Facebook.

— Quoi ?

— Tu sais combien il y a de Laura Presta ?

— Non.

— Plein.

— Qu'est-ce qu'elle en sait, une fille comme elle, de Facebook ? En tout cas, moi, à sa place, j'utiliserais un pseudo. Et donc va savoir…

— Tout à l'heure, elle était ici devant la maison.

— Encore.

— Elle était assise sur la vieille balançoire, comme quand on était petites. Elle regardait la maison.

— Écoute-moi bien, je te le dis pour la dernière fois : ce n'était pas ta faute.

— Si je ne l'avais pas laissée seule ce jour-là, peut-être que…

— Il faut que tu arrêtes. C'est arrivé, un point c'est tout.

— Peut-être qu'elle avait besoin de quelque chose.

— Eh bien, elle aurait pu sonner.

— Comment elle fait pour savoir que j'habite encore ici, avec mon mari ?

— Il suffisait de sonner.

— Je la vois par la fenêtre : le temps d'arriver à la porte et elle a déjà disparu.

— Toutes les revues et tous les sites spécialisés le disent : le bébé capte les angoisses de la mère. On regarde un film ?

— Au début, je lui parlais, le soir.

— Quoi ?

— Je m'étais mis ces bêtises en tête : Laura était capable d'entendre mes pensées. Ma voix arrivait jusqu'à elle, où qu'elle soit, vivante ou morte. À l'école, on a passé une matinée entière à réfléchir sur sa disparition. Avec la maîtresse, il y avait une dame qui n'a pas arrêté de sourire pendant tout le temps. On en avait la chair de poule. Ça faisait déjà quelques semaines, mais l'hypothèse d'un pervers continuait à circuler dans les familles : et si elle était la première sur la liste ? Les parents faisaient des pieds et des mains pour accompagner leurs enfants jusqu'au portail de l'école avant d'aller travailler, le bus de ramassage arrivait à moitié vide. Il y avait certaines mères qui se pointaient derrière le grillage à la récréation, y compris la mienne. Que Laura ait disparu à cause d'un détraqué ou qu'elle soit tombée dans un puits oublié, c'était pareil : impossible d'abandonner les enfants à eux-mêmes. Moi, j'avais une position particulière : la dernière à l'avoir vue, à lui avoir parlé. Les carabiniers étaient venus, avec d'autres messieurs.

Ils m'avaient fait répéter cent fois notre conversation sur le tourniquet du parc. Je sentais mon ventre brûler chaque fois que je parlais de notre dispute, du fait que j'étais partie d'un coup, vexée. Ma mère était au bord de l'évanouissement : je n'étais pas passée loin. Ils étaient obligés de me répéter en boucle que ces gens n'étaient pas là pour m'emmener en prison.

— Mon amour, tu n'étais qu'une enfant…

— "Le monstre du golfe a été capturé" : c'est ce qu'ils ont dit à l'édition spéciale du JT, quatorze ans plus tard. J'ai écouté comment ils avaient retrouvé Laura. Tout le monde était bouleversé, comme au début. Encore plus. Ce type de retour, ça fait penser à un enlèvement extraterrestre : le cobaye a été démembré, réassemblé et renvoyé chez lui. Qui sait s'il a été remonté comme il faut… Ils parlaient de Laura sans lui donner de visage. Après sa disparition, ils avaient carrément construit un petit autel, là, dans notre coin du parc. Une croix, un bouquet de fleurs. Une montagne de cadeaux. Et puis il n'est plus resté que moi. J'allais enlever les feuilles mortes. Sa mère faisait attention à ces choses-là : elle changeait les petits vases, elle nettoyait les poupées… Des fois, elle me trouvait là-bas, je l'aidais. Mais moi, je continuais mon petit jeu débile : parler à Laura. Je lui racontais ma journée. Et puis au fil des mois, elle s'est estompée, à un endroit particulier entre la mémoire et l'idée d'un rêve. Ce soir, elle était là devant la maison.

— Peut-être que le moment est venu d'en parler à quelqu'un.

— C'est-à-dire ?

— Écoute, je ne veux pas que mon fils ait un truc bizarre. Pense à lui. À nous.

— J'y pense.

— Alors ça suffit, les hallucinations. S'il te plaît. Tu n'es coupable de rien. Vois les choses comme ça : tout est allé pour le mieux. Le fou a été capturé. Ton amie est libre et elle refait sa vie Dieu sait où. Si un jour elle veut nous rendre visite, elle sera la bienvenue.

— Il y a des périodes où je rêve d'elle.

— Ça, tu ne me l'avais jamais dit.

— C'est par vagues. Je tourne à un coin de rue et je tombe sur elle, exactement comme elle était il y a vingt ans. Elle me dit toujours les mêmes mots, mais sans bouger les lèvres : "C'est ta faute." Quand ce salaud a enfermé Laura, il a aussi pris un morceau de moi.

— Demain, je me renseigne. J'appelle quelqu'un et on aura une belle discussion avec lui.

— Ou bien je me retrouve là, dans le conteneur. Je suis elle. Avec la chaîne au cou et tout le reste.

— On devrait jeter tous ces articles. Je suis sérieux.

— Ce matin-là, je l'ai obligée à sortir. Elle ne voulait pas…

— Tu rêves de conteneurs et de petites filles qui t'accusent d'une chose qui échappait à ton contrôle. Tu accumules les articles comme une possédée, tu me sors que tu as vu ton amie devant chez nous…

— Elle y était.

— Et nous, demain, on va parler avec quelqu'un.

— C'était elle.

— Je t'en supplie.

— Les enquêtes ont révélé qu'elle avait une poupée : Martina. Elle lui a parlé pendant tout ce temps… Alors c'était vrai qu'elle pouvait m'entendre.

— Putain.

— Si au moins elle venait me voir. Si j'arrivais à lui parler, ça changerait tout. Même juste un moment…

— Putain.

— Andrea.

— Oui.

— Si c'est une fille, je veux l'appeler comme elle.

— Tu veux lui donner le nom d'une gamine disparue ?

— Je dois ça à Laura. Elle a donné le mien à la poupée qui lui a tenu compagnie pendant quatorze ans.

— Mon père connaît sûrement quelqu'un de bien.

— Un moyen pour la faire renaître, ou un truc dans le genre. Un moyen pour aller de l'avant.

— On ne doit faire renaître personne. Ton amie est quelque part, en pleine forme.

— C'était juste une idée.

— Une idée malsaine. On a besoin d'aide.

— Je vais bien.

— Tu vois Laura à tous les coins de rue. Je ne veux pas d'un fils comme ça. Il pourrait se mettre à faire des choses bizarres, ou avoir peur de tout. Tu le fais vivre dans l'appréhension ; le genre de trucs qui laissent une trace. Les fœtus "sentent", ils prennent une forme, à l'extérieur et à l'intérieur. Je n'invente rien. Tout le monde le sait.

— Je vais bien.

— Dis-moi que tu as rêvé.

— Quoi ?

— Laura. La balançoire, le parc…

— Je ne peux pas. Elle était là. Je l'ai vue de mes propres yeux.

— Tu veux avoir un fils inadapté ?

— Bien sûr que non.

— Il ne pourra pas monter dans les ascenseurs, ou des conneries dans le genre.

— Andrea, je sais ce que j'ai vu…

— Un taré des maladies, du contrôle. Tu veux un fils comme ça ?

— Elle sera magnifique.

— Ce sera un garçon, putain.

— C'est pareil.

— Et si c'est une fille, elle n'aura pas le nom d'un fantôme.

— Non.

— Demain, on va parler avec quelqu'un.

— D'accord.

— Ça suffit, les trucs bizarres.

— D'accord.

UN AIR FAMILIER

Dans la baraque il y a de tout, même à boire. Et des livres. Et un ordinateur ouvert sur la table. Tu le scrutes depuis une demi-heure. Chaque minute qui passe est un point de non-retour. Qu'est-ce que tu veux faire ?

Tu n'en as pas la moindre idée. Tu es encore bouleversée par la vague de rage qui t'a surprise, tout s'est passé en un instant : le fracas de la grosse porte, les barres qui se sont logées dans leurs étriers. Tu ne t'es même pas aperçue que tu t'étais jetée contre le métal, tu l'as fait comme poussée par une autre toi-même. Le cœur n'a pas encore cessé de battre fort.

C'était une réaction normale. À ta place, bien d'autres auraient fait pire. Tu peux tourner ça comme tu veux, mais le vol d'une vie demeure ; un mouvement de vengeance, c'est la moindre des choses. Et maintenant Luca est dans la cage. Tu gardes une personne enfermée, comme son père l'a fait avec toi. L'aiguille compte les secondes ; à chaque tic-tac, tu ressembles davantage au monstre. Mais tu ne peux pas ouvrir : il te sauterait tout de suite dessus. Qui sait comment il vit cette petite plaisanterie… Pourtant, il y a aussi quelque chose de juste là-dedans :

qu'il tâte de la prison. Et l'éminent Carlo Maria Balestri, comment il le prendrait ? Être de l'autre côté, pour une fois. Peut-être même que ça lui est utile, à son fils : il veut l'expiation ? La voilà. Tu ouvres un placard. Il y a de quoi nourrir un régiment.

Tu sors. La pluie tombe à verse, elle s'abat sur le métal en produisant le bruit d'une centaine de tambours. Si tu te mettais à hurler, personne ne t'entendrait. Tu longes la construction, puis tu t'arrêtes. Sous tes pieds, la gaine en plastique qui conduit les fils électriques jusqu'à la cage. Tu regardes l'endroit où elle entre dans la maisonnette. L'instant d'après, tu es dans la chambre, dégoulinante sur le carrelage. Tu te penches sur la prise, tu prends une respiration. Tu la débranches.

Tu sais qu'un adulte de plus de trente ans en bonne santé peut tenir une semaine sans boire ni manger. Bon, ça dépend du sexe et du métabolisme de base. Le plus important, c'est d'éviter de franchir un certain seuil de déshydratation, qui entraîne l'hypotension artérielle, les vertiges, les hallucinations. Puis la perte de conscience et enfin la mort. Comme quand on se vide de son sang. Trois jours, c'est un compromis acceptable. Une fois la porte débloquée, Luca n'aura pas l'énergie nécessaire pour te courir après. Et puis tu te souviens bien de ce qui se passait quand la porte de la benne s'ouvrait brusquement, après tant de noir : tu avais l'impression d'être massacrée par la lumière. Une cécité, mais à l'envers. Ça aussi, ça te fera gagner du temps. Il faudra quand même que tu sois rapide.

Tu le décides tout de suite : la maison restera en l'état. Quand Luca se traînera hors de la cage, il trouvera tout inchangé, comme si rien ne s'était passé. Il pensera avoir reçu la visite d'un fantôme. Il ne sera pas très loin de la vérité.

Pourquoi tu es revenue ? Si tu regardes en arrière, tu te perçois comme une route qui va d'hier à aujourd'hui ; au milieu, un tunnel. Ou plutôt, un pont. Un imposant viaduc, un de ces géants qui se perdent dans la brume. Il atterrit après des kilomètres au milieu des nuages. En Chine, il y en a un de cinq cent soixante-cinq mètres de haut, va savoir comment ils se sentent, ceux qui le traversent… Mais maintenant, tu es de l'autre côté. Tu as besoin de comprendre d'où tu viens. La zone 167 Ouest, le parc avec l'aire de jeu. Ta maison est habitée par d'autres gens, mais peu importe. Elle est là, *vraie*.

Le plan est simple : l'affaiblir. Ni eau ni nourriture. Tout le garde-manger est là, la cuisine parle d'elle-même. Le conteneur est utilisé pour autre chose. Il a un téléphone portable ? Avec ces parois de fer, c'est inutile ; et les secours seraient déjà arrivés… Il est seul, il se sait coupé du monde, surtout par ce temps. Les prévisions météo disent que ça va encore durer quelques jours.

Débrancher la prise, ça n'a pas été une violence gratuite : il peut y avoir un autre ordinateur, une connexion, un boîtier électronique d'un genre ou d'un autre… Mieux vaut ne pas prendre de risques.

Dans la baraque, tu laisses la lumière allumée. La seule précaution que tu prends, c'est de fermer les volets. Tu enfiles une main dans ta poche, tu en sors une clé USB. Tu t'approches de l'ordinateur portable, tu contournes le mot de passe au moyen d'une combinaison de touches. Un écran noir apparaît. En un instant, tu es à l'intérieur : tu commences à copier des données.

S'il y a quelque chose de mal, tu n'arrives pas à le comprendre. Sans la cage, tu n'es rien. Tout le monde croit le contraire, mais la vérité, c'est ça : tu n'es jamais sortie de là.

Luca a ses problèmes. C'est un gentil garçon. Tu l'as tiré derrière toi à travers la moitié de la ville ; une fois, tu lui as même adressé la parole. Ça t'a plu de suivre de près ses faits et gestes quand il te laissait partir, de lui donner l'idée d'un avantage. De l'abreuver de chansons, de photos de rues, de flaques, de gratte-ciel. Te placer au coin d'une rue avec son regard sur toi, c'était comme une étreinte. C'est peut-être ça qu'on éprouve quand on sent tout à coup un certain vent nous réchauffer de l'intérieur : un air familier. Et tu sens que tu ne peux pas t'en passer.

Tu passes la nuit allongée sur le lit sans ôter tes vêtements. Quand il cesse de pleuvoir, il reste le bruit des gouttes qui tombent. Tu entends des coups sourds provenant du conteneur, quelque chose qui ressemble à un cri. Voilà ce que tu étais, autrefois. Tu ressens une palpitation. Peut-être qu'elle porte le nom de nostalgie.

Ta mère, emprisonnée dans le cinq-pièces de ce petit immeuble barricadé au milieu du chaos de la ville. Tu l'imagines en train de se désespérer devant la boîte à chaussures du placard, où elle gardait son magot. L'absence de cet argent dit clairement : "Vous ne me reverrez plus jamais." Tu as essayé, mais l'avoir en face de toi en chair et en os, c'était anormal (sans compter les mensonges, avec ce type qu'elle faisait passer pour son père…). Ta mère est plus vraie dans l'idée que tu as d'elle, celle que tu t'es construite au fil des ans. Peut-être que c'est pareil pour elle. Certaines distances deviennent comme des boucliers qu'on n'arrive plus à baisser. Au coin de la rue, la première chose a été de jeter la carte SIM.

Disparaître. On te l'a enseigné très tôt. Un nom avalé par le rien ; fumée déplacée, pareille à ce que tu imaginais enfant, dans la maison d'autrefois, quand un esprit te soufflait derrière l'oreille. Ça n'avait rien à voir avec les morts importuns : c'était la caresse d'un destin.

Il y a des moments où la colère te fait serrer les dents sur ta chaise. L'idée était simple : retourner dans la benne. Et là, décider ce qu'il fallait faire. Décider *s'il* fallait faire. Tu l'as trouvée occupée. Un affront que tu digères mal, il y a de brefs moments où tu voudrais juste t'en aller, tout laisser en l'état, avec ce type là-dedans en train de se casser les ongles sur le fer. Plus les heures passent, plus tu te convaincs que si quelque chose est allé de travers, c'est la faute du chalumeau utilisé par les carabiniers pour ouvrir le conteneur.

La pluie va et vient. Dans les moments de calme, tu restes immobile : confrontation entre deux silences. Tu n'ouvres pas un robinet, n'abaisses pas une poignée. Tu sais que le métal est un bouclier, mais là-dedans, on change, quelque chose se produit, une dilatation des sens. Le désespoir peut avoir des effets magiques. S'il ne s'est pas encore tué, Luca vit cette transformation ; ses oreilles sont des radars en mesure de capter la chute d'une épingle à cent mètres de la cage, alors le grondement de la chasse d'eau, n'en parlons pas. Tu ne bouges que lorsque les flaques recommencent à clapoter ; ou quand le vent agite le saule en recouvrant tout du bruissement des branches, qui fait penser aux vagues de la mer. C'était un jeu que tu faisais souvent. Tu fermais les yeux, tu t'imaginais sur la plage du golfe. Maintenant, tu sors de la baraque, tu atteins la grosse porte en calibrant tes pas sur l'herbe. Tu ressens une secousse quand tu poses ta tempe contre le fer.

Aucun bruit ne provient de l'intérieur, pas même un gémissement. Puis tu remarques le bout de papier détrempé qui a été glissé par la fente, en bas. Un morceau de papier millimétré avec une inscription presque incompréhensible ; tracer des lettres à la lumière du petit trou, ce n'est pas facile, et l'eau n'aide pas, l'encre est diluée. Tu ne le ramasses pas, tu te penches et c'est tout. "Amuse-toi bien", ça dit.

Tu sais tout de lui, y compris le nom de guerre sous lequel il se présente sur Facebook. Ça t'a plu de suivre ses manœuvres d'approche. Il s'est construit un sacré personnage : beaucoup d'efforts, de la constance à revendre. Pour obtenir quoi ? Tu te l'es demandé à l'infini, sans jamais trouver de réponse précise. Tu aurais pu le dénoncer à n'importe quel moment : le fils du type qui t'a enfermée pendant quatorze ans ne fait que te filer dans la rue, et pourtant tu le laisses faire. Il consulte même la thérapeute qui t'aide à te réinsérer dans la société. Il ramasse les mégots que tu jettes par terre : il veut quelque chose. Entre la culpabilité et le germe de la folie génétique, il y a un océan. Tu laisses l'écume te baigner les pieds et tu vas de l'avant.

Tu as ce privilège : Luca est convaincu que tu ne sais rien de lui. Tu connais même la plaque d'immatriculation de la voiture dans laquelle il se traîne en ville de temps en temps.

Tu devrais peut-être te sentir désolée pour Giovanni, mais quand tu essaies de penser à lui, il ne se passe rien, pas même une once de gratitude. C'est terrible à admettre, et pourtant tu ne te souviens même pas du son de sa voix. Ses yeux, oui, tu les vois bien : si exposés, il lui suffisait d'un regard pour se faire lire. Tu as essayé de toutes tes forces : respirer à côté de lui, c'était comme le faire dans une boîte d'ennui, avec la poussière tombant du plafond. Il ne te manque rien : ni le corps, ni la chaleur, ni la tendresse. Tu l'as habité pendant quelque temps et c'est tout. Il fallait que tu fasses tes découvertes. Que tu respectes le rôle qui tout à coup t'était confié. Adresser une pensée à ce garçon, ça ne provoque qu'une seule chose en toi : un grand bâillement.

"Amuse-toi bien." Une tentative de quatre sous : à part un stupide coup de vent, n'importe qui aurait pu enfermer Luca. Tu as contrôlé chaque recoin, chaque prise : pas de caméras. Et même si c'était le cas : de l'intérieur du conteneur, il est impossible de vérifier. C'est juste un bluff pour semer le doute. Tu maintiens ta position. Le billet suivant comporte deux mots, "Faim" et, en dessous, "Soif". En approchant ton visage du fer, tu commences à sentir de mauvaises odeurs.

Et puis ça finit par faire quatre jours. Il y a quelque chose qui ne te lâche pas ; plus tu retardes la libération, plus tu risques d'avoir un mort sur la conscience. Et pourtant tu ne bouges pas, tout est prêt pour ta fuite mais tu restes sur la chaise, avec la maison comme un miroir. Il n'y a pas un pli des draps qui permette de démasquer le passage de quelqu'un. Un bon vivant, peut-être. Ou un fou avec l'idée fixe de faire payer cette famille qui a fait couler des fleuves de douleur. Ou le père, le frère, le neveu d'on ne sait quelle fillette emportée dans des sacs en plastique au large du golfe il y a des décennies.

À certains moments, on dirait une malédiction : c'est toi qui es enfermée, malgré la possibilité de déclencher l'ouverture et de te perdre aussitôt dans le sous-bois. C'est lui qui est libre.

Pour ne pas laisser de traces, tu as sucé des pâtes crues au déjeuner et au dîner. Les fruits ont pourri. Tu as consommé deux bouteilles d'eau raflées dans le pack déjà entamé. Luca se traînera hors de la cage dans un état de confusion, il n'aura certainement pas la lucidité de se mettre à compter le peu de choses qui manquent. Tu t'es même concédé quelques gorgées de rhum. Pareil pour les besoins, évacués aux moments où le ciel se précipitait à ton secours avec une giboulée de vingt minutes. La baraque est inhabitée. Repositionner l'écran du portable tel que tu l'as trouvé au début, c'est un travail qui a requis des heures, tu as touché et retouché sans cesse l'inclinaison, au millimètre près. Jusqu'à ce que tu t'endormes sur la chaise, épuisée, le visage sur la table. Quand tu rouvres les yeux, minuit du cinquième jour est passé depuis une heure. Alors tu le penses vraiment : "Je suis en train de le tuer."

UNE HYPOTHÈSE D'AVENIR

La cloche sonne à la fin de la récréation. Gavin épie Brenda Collins par la fente : elle est la dernière à rentrer, elle reste toute droite au milieu de la pelouse, près des balançoires. Elle regarde autour d'elle. Elle attend encore quelques instants, avec une espèce de moue. Elle finit par murmurer :

— Quel idiot.

Le garçon ricane. Elle part en courant.

Quel bol de tomber sur M. Parker devant les compteurs. Il devait contrôler quelque chose. Gavin l'a vu prendre des notes sur un bout de papier puis refermer d'un tour de clé cette espèce de petite armoire. Sauf que le battant s'est rouvert. La classe était en plein jeu, avec Sibilla Ramos en train de compter contre le mur. Il n'y a pas réfléchi à deux fois.

Maintenant son cœur bat de façon bizarre. Là-dedans, sa respiration résonne un peu. Gavin imagine sa place vide et la fumée qui sort déjà des naseaux de Mme Cooper : elle ne supporte pas ceux qui vont aux toilettes juste à la fin de la pause. Une fois, elle s'en est prise à Brian Peterson, qui était arrivé tout essoufflé : trop tard. Il a dû rester au piquet devant la porte pendant une heure.

Gavin pense ça, et cinq minutes ont déjà passé depuis la reprise. Peut-être un peu plus. Il est là, debout. Par la fente horizontale, il observe la pelouse. Le tapage s'est arrêté, il reste la circulation, mais Cody n'est pas une ville bruyante. Le garçon a le doigt sur la languette métallique de la serrure, il est sur le point de la faire pivoter. Le moment est venu de sortir à découvert et d'aller se faire remonter les bretelles comme il faut. Il est sur le point de le faire, vraiment.

C'est comme une sorte de sommeil.

M. Parker apparaît à l'entrée de l'école. Il s'arrête là, sur la première marche. Il jette un regard. Ensuite il met ses mains en cornet autour de sa bouche.

— Gavin ! vocifère-t-il.

Puis il marmonne quelque chose, il va au centre de la pelouse.

— Hé, Gavin !

Une quinte de toux le prend au dépourvu. Il se racle la gorge et crache une torpille blanche dans l'herbe.

— Putains de gosses, gronde-t-il entre ses dents.

Et il se met à longer l'école pour en faire le tour.

Les minutes qui s'écoulent ensuite sont belles. Terribles. Il fait chaud dans la petite armoire, l'air est dense. Quand Gavin voit M. Parker réapparaître de l'autre côté du bâtiment, il éclate presque de rire, il doit se retenir. C'est alors que Mme Cooper arrive. Elle est agitée.

— Alfred, dit-elle.

Le concierge écarte les bras.

— Dieu tout-puissant, fait-elle avant de replonger à l'intérieur.

Gavin ne se demande rien, il épie et c'est tout. Il sait qu'il devrait y aller, mettre fin à la plaisanterie. Pourtant, il ne bouge pas.

Mme Cooper revient à la charge, elle ressurgit. À côté d'elle sur le seuil, il y a M. Cox, dans son sempiternel survêtement rouge. Parmi les enfants de la Valley Elementary School, la légende circule que personne, dans tout le comté de Park, ne l'a jamais vu en jean. Il mériterait une place d'honneur dans le registre des bizarreries répertoriées au Wyoming depuis 1950. M. Cox attrape le sifflet qu'il porte au cou. Il souffle dedans. Juste après, le nom du garçon résonne fortement ; rien à voir avec l'appel poussif du concierge.

L'arrivée du directeur fait chanceler l'institutrice.

— Alors ? demande M. Weber sur un ton sérieux.

Elle porte une main à sa poitrine, comme pour reprendre son souffle.

C'est Cox qui répond :

— Rien.

Weber jette un coup d'œil autour de lui.

— Il ne peut pas être loin. Le portail était fermé. Allons encore vérifier les toilettes, les vestiaires. Partout. Vous, madame Cooper, allez demander à vos élèves qui a été le dernier à le voir.

Pourtant, ils sont là, à quelques pas. Quelque chose de magique est en train de se produire : la cabine des compteurs est tellement exposée qu'elle en devient invisible. On la considère comme une évidence, au même titre que le platane et les cubes en plastique autour desquels les plus petits jouent pendant la récréation : blague à part, n'importe quel enfant dans un rayon de cinquante mètres serait sorti d'un bond au premier appel. Gavin reste immobile. Il est dans une boîte. Ou plutôt, non : ce sont les autres qui ont été enfermés dehors.

Il est obligé de garder la tête penchée en avant. L'impression, c'est que l'air l'étouffe un peu en parcourant la courbe de sa gorge.

Il y a des apparitions d'un instant sur le seuil de l'école. Gavin reconnaît Mme Duchesne, de l'autre section : elle fait une sortie éclair et disparaît aussitôt. Pareil pour l'enseignante de religion. Il voit même Miranda Boyle, du secrétariat ; elle semble n'exister que là, sur son fauteuil pivotant de l'autre côté de la vitre, avec son air de poule au milieu d'une éternelle couvée.

De là où il est, Gavin ne voit rien d'autre : la pelouse, les marches, l'entrée du bâtiment au-dessus de laquelle trône la plaque à la mémoire de Buffalo Bill (dans la petite ville, c'est la première chose qu'on vous apprend : son vrai nom était William Frederick Cody).

Pendant un bon bout de temps, il ne se passe rien. Mais c'est un rien chargé, Gavin perçoit l'électricité dans l'air. Peut-être à cause des petits boîtiers derrière lui : ils produisent un sifflement de fond. Il a très envie de faire pipi.

Un bruit de freins. Quelques instants après, le claquement du portail. Deux agents traversent la fente horizontale d'un pas rapide. La police est arrivée.

La torpeur s'évanouit, une décharge d'adrénaline parcourt le garçon : qu'est-ce qui lui est passé par la tête ? La blague est devenue une chose sérieuse : avant, il risquait de se faire sonner les cloches par Mme Cooper, maintenant ce sont les menottes qui l'attendent. C'est une invitation claire à sortir, le spectacle est terminé… Gavin comprend qu'il a franchi une limite. Un point de non-retour. La nouvelle a dû faire le tour de l'école en volant de bouche en bouche. Une partie de cache-cache qui a viré à la tragédie ; et lui, dorénavant, il sera catalogué comme le fêlé qui passe du jeu au drame en un instant.

Il pourrait inventer qu'il s'est caché puis endormi, il ne voulait effrayer personne. Au retour de la sortie aux geysers, c'est arrivé pour de bon : pour un peu, ils l'abandonnaient au fond du car… Ou un évanouissement, comme le jour de la dernière prise de sang. La morsure d'une araignée. Il n'est pas fou.

Les policiers ressortent. M. Weber et Mme Cooper les suivent. Avec eux, il y a aussi Brenda Collins. L'air effrayé, elle reste accrochée à la jupe de la maîtresse. Ils s'arrêtent près des cubes en plastique.

— Allez, parle, dit Cooper à la petite fille. Tu n'as rien à craindre.

Brenda indique un point près du portail.

— C'est là que tu as vu ton petit camarade ? demande le plus grand des policiers.

Il est assez jeune. Il porte des lunettes de soleil magnifiques, effet miroir, comme dans les téléfilms. L'autre est vieux, avec un ventre dur qui gonfle sa chemise couleur havane. Il se dirige vers le coin indiqué par la fillette.

— Ici ?

Elle hoche la tête.

— Et après ?

— Après, je suis allée me cacher.

Cooper intervient :

— Il n'a pas pu sortir. Le portail reste toujours fermé, impossible de l'ouvrir d'ici. C'est Mme Boyle qui doit le faire, de l'intérieur. S'il l'avait escaladé, on s'en serait aperçus… Et puis regardez : un enfant de huit ans ne peut pas monter aussi haut.

Le jeune policier a un visage inexpressif, il absorbe les mots de la maîtresse et c'est tout. L'autre revient vers le groupe et redevient visible.

— Vous n'avez pas idée de ce dont les enfants sont capables à cet âge-là…

Puis il s'adresse au directeur.

— Vous avez prévenu les parents ?

Weber toussote.

— En fait…

— Eh bien, le moment est venu.

À ces mots, le chef de l'établissement vacille. Il finit par acquiescer.

— Excusez-moi, dit-il.

Et il rentre. Le jeune policier regarde Cooper :

— Merci. Vous pouvez ramener la petite fille en classe.

Mais elle ne bouge pas. Elle reste là, ahurie.

— Madame, insiste l'agent.

C'est à ce moment-là que la maîtresse s'effondre.

— Je vous jure que j'étais là, je ne suis pas le genre d'enseignante qui…

— Calmez-vous, s'il vous plaît. On n'accuse personne. Et maintenant, ramenez la petite en classe.

Elle se tait aussitôt. Elle fait oui de la tête et prend Brenda par la main.

— Viens, ma chérie.

Les policiers restent au centre de la fente horizontale. Gavin les épie, ils ont tous les deux les mains sur les hanches. C'est le jeune qui parle en premier :

— George, qu'est-ce que tu en penses ?

George ne répond pas tout de suite, il reste quelques instants les yeux rivés sur ses chaussures. Puis :

— Il faut avertir Scott.

L'autre soupire. Il tourne le dos à son compagnon. Il penche la tête sur le côté et touche l'émetteur radio qu'il a sur l'épaule.

— Shérif Steward, c'est John…

Gavin assiste à tout ça comme s'il s'observait de l'extérieur. Il lui suffirait de toucher la languette métallique et d'ouvrir l'armoire en grand, puis de se jeter contre l'un des deux agents, peut-être le vieux, de s'accrocher en pleurant à ses jambes, au ceinturon avec l'arme, de demander pardon pour ce coup de tête… Ils sont carrément en train d'avertir le shérif. Et ses parents.

Il est surpris par une ombre. Face à lui, les boutons de la chemise du policier. Gavin rejette la tête en arrière comme il peut. Par les interstices horizontaux, il voit un bout de doigt qui tapote le plastique épais.

— Hé, il y a quelqu'un ? fait l'agent.

Gavin ne respire même pas. Il est sauvé par le retour de Weber, qui dit qu'il vient d'avertir la mère du garçon : elle arrive.

— Et ça, c'est quoi ? demande l'agent, dont la voix résonne en raison de la proximité.

— Le tableau des fusibles.

Gavin entend le policier racler le battant au niveau de son torse.

— La clé ?

— Elle est au secrétariat. Je fais tout de suite appeler…

Le jeune policier les interrompt :

— Scott dit de continuer les recherches. Il arrive.

Puis il s'adresse au directeur de l'établissement :
— Précisément, depuis combien de temps il a disparu, ce garçon ?
Weber est en difficulté.
— Une heure vingt. La petite dit l'avoir vu à la fin de la récréation, donc…
Le jeune policier dit au vieux :
— Scott a envoyé Torczon et McClain patrouiller. Si l'enfant est sorti, il ne peut pas être loin.
Le directeur tente de les ramener à la réalité :
— Je l'exclus. Comme le disait Mme Cooper, il est impossible que… Je veux dire, c'est une école primaire, ici, pas un parc.
Il finit par divaguer :
— Les visiteurs sont reconnus, ils sont dûment enregistrés, et…
— Rentrons, l'interrompt le policier âgé. Réunissons une équipe.
Tous trois disparaissent de la fente horizontale. Le cœur de Gavin bat très fort. Il a soif, et sa vessie est maintenant sérieusement gonflée. Il est tenté d'ouvrir sa braguette et de se soulager là – impossible. Il sait bien ce qui se passe quand on jette des liquides sur les appareils électriques, ça risquerait de faire des flammes. Seule une pensée le sauve : sa mère. Il décide de sortir à découvert quand elle arrivera, quand il pourra plonger dans ses bras, en lieu sûr.
"C'était juste une blague, il dira. Et après j'ai eu peur."

*

Un nouveau coup de freins. Quelques instants plus tard, le claquement du portail. Deux hommes en civil traversent la fente horizontale. Gavin en reconnaît un au premier coup d'œil : Chris Johnson. Tout le monde dans sa classe le sait : c'est un enquêteur. Nathan, son fils, ne fait que raconter ses aventures incroyables aux quatre coins du comté. Une fois, il a même parlé de la découverte d'un objet mystérieux, sans doute la carcasse d'un vaisseau spatial. Des informations confidentielles, que leur camarade avait lues en cachette dans un dossier du bureau de son père, qui risque sa vie tous les jours de la semaine. Rien à voir avec le fait d'empiler des bisons : chasses à l'homme, fusillades, cadavres sans nom qui s'échouent sur les berges de la Sulphur Creek ou remontent à la surface après le dégel de l'Alkali Lake. Ours, hooligans, délinquants de passage… À la liste des affaires à résoudre de l'enquêteur Johnson s'ajoute maintenant celle de l'enfant qui s'est volatilisé pendant la récréation.

Le raffut qui se crée soudain à l'entrée de l'école est un autre choc. Les policiers apparaissent avec les deux hommes en civil qui viennent d'arriver. Le directeur fend cette petite foule, il échange avec eux quelques mots que Gavin n'arrive pas à saisir. Ils ont la mine sombre. Puis le portail s'ouvre, Weber respire à fond. Il s'avance, descend les trois marches. Il s'arrête au milieu de l'allée en ciment qui fend la pelouse. La mère de Gavin apparaît dans la fente horizontale.

— Bonjour, madame, fait-il.

— Où est mon fils ? réplique-t-elle.

Elle s'arrête net. La vue des policiers l'alarme, ses genoux sont sur le point de flancher.

— Nous vous garantissons que nous faisons tout notre possible pour…

La femme avance et rejoint le groupe.

— Mon fils.

Le père de Nathan Johnson prend la parole. Il l'invite à entrer.

Voir sa mère dans cet état, ça paralyse encore plus le garçon. Il rêvait de son arrivée comme d'une délivrance ; maintenant, il se sent vraiment emmuré vivant. Son doigt hésite sur la languette en fer, il est sur le point de la relever. Il n'y parvient pas. Quelque chose continue à l'en empêcher.

De longues minutes s'ensuivent, puis voilà le shérif. Il est accueilli par l'enquêteur, qui lui résume brièvement les faits tandis qu'ils parcourent la fente horizontale. Ils disparaissent à l'intérieur.

"Au secours, je suis là…" Pour la première fois, Gavin se rend compte qu'il est retenu prisonnier. Ce n'est pas sa faute.

*

Énième claquement du portail. Deux autres agents traversent la pelouse en courant vers l'école. D'une main, ils tiennent leur chapeau, de l'autre leur holster. Il s'agit certainement de ces Torczon et McClain dont a parlé l'agent aux lunettes en forme de gouttes : leur patrouille achevée, ils se joignent au groupe.

Il fait chaud. Gavin a les jambes brûlantes, le cou aussi. Recroquevillé dans le coin de la petite armoire, il n'a pas la place de s'étirer. De drôles de gargouillis ont aussi commencé dans son ventre… Derrière lui, le mouvement augmente : moteurs, bavardages. Les sons lui arrivent ouatés, un mélange de chuchotements, de toux, de petits coups d'accélérateur : les parents. Ils se demandent sans doute ce que font trois voitures de police devant l'établissement fréquenté par leurs enfants. Il y a même la jeep du shérif… Le garçon reconnaît la pétarade du bus scolaire, celui qui chaque matin le ramasse dans la Big Horn Avenue, au croisement avec la 33e Rue, devant Joe's Auto.

C'est bizarre de voir Mme Duchesne apparaître sur le seuil. Derrière elle, les enfants, sages et muets. Au secrétariat, ils ne font même pas sonner la cloche. La sortie des policiers met fin aux conciliabules. Ceux en uniforme se disposent de part et d'autre de l'allée. Déclic du portail. Et Duchesne se met en mouvement, suivie par les élèves qui s'avancent en rang deux par deux. Rien à voir avec l'explosion désordonnée de tous les jours, on dirait une marche de déportés, un défilé silencieux. Ce n'est que vers la fin de la fente horizontale, à un pas du portail, que Gavin voit les enfants prendre un certain élan : ils volent dans les bras de leurs parents, en sécurité.

Les premiers à s'en aller sont les plus petits. Puis c'est le tour des CE1. Ensuite, voilà Mme Cooper. À côté d'elle, il y a Brenda Collins, qui est épuisée, ça se comprend ; elle a très hâte de rentrer chez elle.

De classe en classe, l'école se vide. À la fin, il ne reste que M. Weber. Il suit la dernière fournée d'enfants et s'arrête à un poil du bout de la fente. Le murmure qui s'est peu à peu élevé dans la rue cesse d'un coup.

— Mesdames et messieurs. Je me vois dans l'obligation de vous informer que…

C'est un discours concis. Une vague d'inquiétude parcourt la foule quand elle apprend la disparition de Gavin. Un essaim de "Mon Dieu !", de "C'est impossible". De son armoire, Gavin capte même un "Putain !". Quoi qu'il en soit, la situation est sous contrôle, le shérif Steward fait déjà tout son possible. Il s'agit certainement d'un coup de tête, tout se résoudra pour le mieux. Les parents sont maintenant priés de quitter l'école, de façon à faciliter les recherches. Toute information peut être utile : qu'ils n'hésitent pas à contacter le numéro d'urgence. Ceux qui voudraient constituer une équipe de volontaires sont libres de le faire, à condition de respecter la loi et de ne pas entraver l'enquête. Et que Dieu nous vienne en aide.

Gavin scrute l'entrée de l'école : sa mère est là, cachée. Peut-être que le shérif la cuisine un peu, avec l'aide du père de Nathan Johnson : "Ces derniers temps, le garçon a eu des comportements bizarres ? Il se fait harceler à l'école ? Tout se passe bien à la maison ? Il y a des motifs concrets qui auraient pu le pousser à s'éloigner ? Souvent, c'est juste un moyen pour attirer l'attention…"

Des propos déjà entendus et réentendus à la télé. Gavin est resté prisonnier d'une blague. Il est terrorisé ; il ne se hasarde même pas à approcher sa main de la languette métallique, pour ne pas risquer de l'ouvrir par inadvertance et d'être vu. Quand est-ce que ça finira ? Comment ? Il est destiné à rester là jusqu'à la prochaine vérification des compteurs ? Un jour, M. Parker ouvrira l'armoire et le squelette d'un élève modèle lui tombera dans les bras avant de se décomposer en un petit tas d'os.

Ses jambes ne le soutiennent plus. Son cou lui fait mal, son dos pareil. Il essaie de bouger ses orteils mais n'arrive pas à déterminer s'il les sent ou non.

Les bruits de moteur se succèdent puis le vacarme diminue peu à peu derrière la petite armoire. À la fin il reste le silence, les policiers rentrent dans l'établissement. Weber l'a déjà fait depuis longtemps.

La nuit. Voilà ce qu'il doit faire : attendre la nuit. C'est seulement alors qu'il sortira à découvert. Le problème, ce sera de trouver le moyen d'escalader la clôture sans se casser une jambe. Puis il traversera la petite ville jusque chez lui. Le premier mot qu'il dira, c'est ça : "Pardon." Le garçon compte sur le fait que sa mère, après la frayeur d'une journée entière, laissera tomber les punitions et les crises hystériques. Elle plaidera sa cause auprès du shérif Steward. Le moment le plus difficile viendra après : "Pourquoi tu as fait ça ?" C'était une bêtise, et puis la situation lui a échappé… Là, dans l'armoire fermée, il sait que la vraie réponse est tout autre : "Je ne sais pas."

Mais surtout, que se passera-t-il demain ? Gavin imagine le moment où il sortira de l'armoire, tout le monde criera la nouvelle sur tous les toits : le garçon a été retrouvé. Rien de spécial, juste un jeu… Comment ça sera, d'adresser la parole à Brenda Collins ? Comment ça sera, de regarder en face chacun des habitants de la petite ville ? "Cet enfant a quelque chose qui ne va pas." Voilà les mots qui le marqueront pour toujours, Gavin les sent déjà lui brûler la peau.

Peut-être qu'ils devront quitter Cody, recommencer une vie normale on ne sait où.

Maintenant, c'est sûr : les caméras de surveillance n'ont pas capté le moment où il s'est caché, on serait venu le chercher depuis longtemps. Gavin a le souffle coupé quand il voit sa mère sortir de l'école. Elle est dévastée. Le père de Nathan est collé à elle, on dirait qu'il la soutient. Le shérif Steward les suit, avec les quatre agents. Les derniers à sortir sont le directeur Weber avec M. Parker et Mme Boyle. C'est elle qui tourne la clé : elle verrouille le bâtiment. Tous disparaissent de la fente horizontale, la tête basse. Puis voilà le *clang* du portail. Les moteurs des dernières voitures. Gavin reconnaît celui de l'Altima.

Silence. Le garçon se détend, il reste comme ça pendant quelques minutes. Il a l'impression d'avoir une meute de loups en folie dans le ventre. Au bout d'un moment, dans l'immobilité générale, il y a un petit claquement. La porte de l'armoire s'entrouvre. Un jet cristallin va former une petite flaque dans l'herbe. Puis le battant se referme lentement.

C'était risqué, mais c'était ça ou se faire pipi dessus et se retrouver rôti. On dirait que le souffle d'air frais a nettoyé la cachette mais aussi la tête du garçon. "Tout ce que j'ai à faire, c'est rester ici", il se dit. En attendant, il imagine les ferments déjà en train de s'activer, c'est sûr, dans la petite ville. De bons pères de famille sacrifieront une journée de travail en se lançant à sa recherche, entre les rondes sur les pickups et les groupes qui passeront les quartiers au crible, poussant peut-être même au-delà de la Spring Creek. Parmi les hypothèses sur sa disparition figure certainement la plus terrible d'entre elles : le kidnapping. Gavin imagine le shérif Steward le demander à sa mère avec les précautions de rigueur : "C'est possible, que quelqu'un en veuille à la famille ?

Quelqu'un en mesure de commettre ce genre d'acte ?" En général, dans les films, ces affaires sont en lien avec une question d'argent ou une vengeance particulière. "Ça vous paraît une possibilité, madame ?" Il demandera aussi à parler à son mari. Mais ce dernier n'est pas là.

Désormais, il rentre une fois par semaine, d'habitude le dimanche, pour passer un peu de temps avec son petit garçon. Gavin trouve ça important, la disparition d'un fils, peut-être que son père est déjà en route, le pied collé au plancher. À l'intérieur de l'armoire, il revoit des flashes de ce soir-là. Il faisait semblant d'être absorbé par un jeu vidéo, avec le volume à fond dans ses écouteurs ; en réalité, il avait coupé le son. Tout à coup, il a une intuition lumineuse : la disparition d'un fils peut-elle réunir deux parents qui n'arrivent plus à se regarder dans les yeux ?

Il n'y a jamais rien compris. Le fait est que depuis cette discussion, tout a changé. À la fin, la porte de la maison a claqué et son père a disparu.

Gavin se revoit devant *Total Invasion 8*, en train de s'enfoncer avec son équipe de rebelles dans les terres arides et ultra-dangereuses de Golma, une planète du septième système solaire de Hagart. C'est son jeu préféré, surtout pour cette raison particulière : le bras droit du chef de l'armée a le même nom de famille que lui : Wood. Jason Wood. Un mercenaire des galaxies avec un bras mécanique capable de pulvériser les montagnes, qui peut carrément se transformer en canon photonique en cas de besoin. Gavin ne le choisit jamais, dans les batailles il préfère regarder Jason Wood du point de vue du capitaine Ulto Bear. Parmi la cohorte lancée dans la mêlée au début d'une mission, les deux seuls à rester debout, c'est presque toujours eux.

En plus du volume à zéro, il profite de la porte-fenêtre entrouverte ; le reflet sur la vitre lui permet d'observer ce qui se passe à quelques pas de lui, de l'autre côté de l'arche, dans la cuisine.

Ce n'est pas une dispute comme les autres, il le comprend tout de suite. D'abord, elle commence en italien, chose assez rare. C'est une langue pleine d'aspérités, il en baragouine quelques mots ; les jours où il se sent en forme, il réussit même à construire des phrases, bien que sa mère le reprenne sans arrêt sur les verbes.

Parfois, ils essaient de lui raconter leur ancienne vie à l'autre bout du monde : les études, les villes… Puis la rencontre entre ces deux êtres qui deviendraient bientôt mari et femme. Un jour, ils décident de faire une folie : ils laissent tout tomber, ils vont se réinventer de l'autre côté de l'océan. Il arrive que sa mère le regarde dans les yeux pour lui dire, pleine d'amour : "Tout recommence avec toi." Des mots qui voudraient sonner bien, et pourtant Gavin a la sensation d'une grosse masse qui pèse sur lui et qu'il ne sait pas exactement où mettre. Pour ne pas y penser, il se remet à la harceler avec les noms de toutes les choses, ça le fascine de les entendre dans l'autre langue : *tavolo*, *attaccapanni*, *salotto*, *lampadario**… Sa mère lui donne satisfaction, mais sans exagérer : au bout d'un moment, elle débranche la prise, elle est toujours happée par une affaire à laquelle elle

* En italien : "table", "porte-manteau", "salon", "lustre".

doit se consacrer sur-le-champ. Inutile de continuer à la tourmenter. C'est rare, mais il arrive que le garçon se cabre, il a l'impression qu'ils ne veulent pas vraiment l'inclure dans cette histoire qui le regarde, tout de même. "Reste à ta place" : voilà ce que ses parents semblent lui dire s'il insiste et se montre trop curieux. Ensemble, ils le chargent de cette responsabilité : "Tout recommence avec toi." Gavin sait qu'ils n'ont pas de famille, il n'y a qu'eux. Ça peut arriver ; pour Gordon Seller, c'est pareil (beaucoup pensent que sa tendance à maltraiter ses camarades vient de là). Le garçon connaît Cody comme sa poche. Au-delà du comté de Park, tout s'estompe dans une brume.

La discussion dans la cuisine a quelque chose à voir avec Sarah Hawkins, la femme qui tient le magasin de bibelots sur la Sheridan Avenue et gagne de l'argent à la pelle en vendant des aimants et des cartes postales à prix d'or ; les voyageurs qui se dirigent vers Yellowstone ou qui en sortent claquent des fortunes chez elle sans sourciller. Parmi les articles qui font un tabac, il y a lui, ça va sans dire : Buffalo Bill. Ses miniatures donnent envie, à peine le père de Gavin a-t-il livré les nouveaux exemplaires que déjà la vitrine est dévalisée. C'est un génie. Il passe la plus grande partie de la journée dans son atelier à l'arrière de la maison. C'est comme entrer dans un autre monde : des étagères et des étagères de personnages. Parfois, Gavin obtient la permission d'en prendre un. Alors il le porte jusqu'à l'établi et chausse les lunettes avec lesquelles son père travaille la pâte spéciale. Elles ont des lentilles qui grossissent les détails : vêtements, boucles, fourrures… Le garçon peut rester hypnotisé par un bouton en bois pendant un quart d'heure, il n'en revient pas : son père a des mains en or. Il empoigne des pinceaux et sculpte des petits soldats uniques, de collection. Il reçoit tous les jours des commandes sur Internet, ses créations partent de Cody et s'en vont dans le monde. Il y a des familles qui paient la moitié d'un salaire pour se faire immortaliser en pâte à modeler. Il suffit d'envoyer une photo.

Ils sont là, eux aussi, sur la tablette de la cheminée : le père, la mère, le fils. Pour Gavin, c'est une fête quand le moment arrive, une fois par an ; il suit tout le processus en retenant son souffle, l'œil fixé sur la pâte. Son père murmure souvent ces mots un peu magiques : "Donner une forme à l'extérieur, c'est la donner à l'intérieur." Le garçon se persuade parfois que c'est la vérité. À d'autres moments, ça lui paraît une idiotie et c'est tout.

Ça se produit à l'approche de Noël, désormais c'est une tradition : les Wood sculptés dans la transformation, avec lui qui passe de la poussette à la station debout et ainsi de suite. Chaque composition reste dans le salon jusqu'au mois de décembre suivant puis laisse place à la nouvelle. C'est amusant d'observer la métamorphose, sur l'étagère de l'atelier : le premier tableau tridimensionnel ne comprend que le père et la mère. Elle a un gros ventre. Sur le socle, une inscription est gravée : "Wood Family 2019". Parfois, Gavin s'arrête devant ces deux miniatures. Il se sent fait de fumée. Une hypothèse d'avenir qui doit encore naître.

— Tu m'as suivi ? fait l'homme.

Gavin a l'impression que son père est presque amusé à l'idée d'avoir été filé. Sa femme n'est pas d'humeur à plaisanter.

— Va te faire foutre.

Dit les dents serrées, avec beaucoup de colère.

— Écoute, ne faisons pas de scène. Va savoir ce que tu es allée t'imaginer…

— Je vous ai vus. Là, dans l'arrière-boutique. Tu me dégoûtes.

Il devient sérieux d'un coup.

— Tu m'as suivi, répète-t-il.

Mais cette fois, ça sonne comme une pensée exprimée à voix haute. Puis il doit pressentir la gravité de la situation, il se secoue :

— Je ne sais pas ce que tu as vu, mais avec Sarah, je ne…

— Tu me dégoûtes, insiste-t-elle.

Elle a un moment de défaillance et doit s'appuyer sur une chaise.

— Putain, on avait tout… Comment tu as pu ?

Gavin est dans une passe délicate : Ulto Bear conduit son équipe de rebelles à travers un champ de mines. En même temps, il ne doit pas perdre de vue les mutants ailés qui surgissent de partout. Il faut de l'habileté. Le garçon a désormais compris que la solution, c'est le double saut périlleux et la bombe verte au moment où le vol de son héros atteint son point culminant : les insectes géants sont mis en pièces ; les pirates des galaxies trouvent une brèche dans le chaos.

— Tu l'aimes ? fait-elle.

— Ne dis pas de bêtises.

— Alors pourquoi ?

Le père de Gavin baisse la tête.

Sa mère est dévastée :

— Comment tu as pu ?

Chaque fois qu'elle prononce ces mots, elle semble prise par un vertige qui la fait vaciller en arrière et s'adosser à l'évier. Lui, c'est un masque de fer : yeux baissés, silence.

— Parle ! Dis quelque chose…

Mais rien, il reste muet. Après avoir insisté pour la énième fois dans le vide, elle sort de ses gonds et quitte la cuisine. Gavin reste pendant quelques minutes à la tête de l'armée tout en épiant son père dans le reflet, là, en train de regarder ses mains. Et puis la revoilà, elle arrive comme une torpille. Elle met au milieu de la table un bout de papier qu'elle a pris on ne sait où. Et tout à coup, l'histoire à propos de Sarah Hawkins n'est plus rien.

Dans la petite armoire fermée, Gavin continue à se poser la même question que ce soir-là : un bout de papier est capable de faire un tel carnage ? Il lance Ulto Bear contre des vers géants à cuirasse d'acier, mais à l'intérieur, il est un fragment de marbre, il n'a jamais vu son père comme ça. Celui-ci se met à pleurer. Le garçon se sent brûler. Action spéciale : la massue de Jason Wood s'enflamme, elle extermine des monstres en incendiant l'écran. Mais son héros ne remarque pas le mutant qui agresse l'équipe en déboulant de derrière un rocher sur la gauche. Jason tombe à terre, déchiqueté par les griffes de la créature. Une maison sur la Big Horn Avenue s'arrache de ses fondations et plane au-dessus de Golma.

La mère garde les yeux sur la table. Tout à coup, elle a l'air de regretter d'avoir sorti ce truc, c'est comme si elle se réveillait d'un rêve. Un geste de colère qu'elle serait maintenant heureuse de ravaler. Ses yeux semblent dire : “Mon Dieu, qu'est-ce que j'ai fait ?" Mais peut-être que ça ne lui déplaît pas de se venger comme ça.

Le père de Gavin a le visage cassé en deux, il murmure des mots sans queue ni tête :

— Tu sais qui je suis.

Elle ne peut plus faire marche arrière : elle répond par le silence.

Lui, il a besoin de respirer. Allez savoir quelle histoire il lit sur le bout de papier au centre de la table.

— Tu t'es servie de moi, finit-il par dire.

On dirait qu'il a deviné la seule réponse en mesure de résoudre les énigmes.

— Ce n'est pas moi que tu cherchais : tu cherchais mon père. Tu voulais juste retourner dans ce putain de conteneur…

— Et toi, tu n'avais qu'un seul désir : me faire rentrer là-dedans. Il fallait que tu me sauves. Que tu te laves du sang de l'homme qui t'a engendré. Rien à faire : tu es comme lui.

— Tu as pris mon nom. Je t'ai offert une nouvelle identité, une nouvelle vie à l'autre bout du monde…

— Je t'ai donné un fils. Tu voulais renaître loin de tout, non ?

Il a un regard halluciné. Une sorte d'accès le prend, il éclate d'un petit rire hystérique.

— Qui a enfermé qui ?

Et ils n'arrivent plus à se regarder dans les yeux.

Dans les souvenirs du garçon, tout s'estompe dans un tourbillon de paroles étrangères. Il se revoit là, la manette de jeu sur les genoux, tandis que le compte à rebours avant la reprise de la partie s'écoule inexorablement vers zéro. Ses parents ne s'en aperçoivent même pas ; ils ne font que se cracher des atrocités au visage. Par exemple, au bout d'un moment son père appelle Cody comme ça : une cage. Une urne aux parois invisibles, et un monde qui reste quoi qu'il en soit ailleurs. De quoi aller à l'asile. Et puis il parle de ces gens qui restent enfermés en eux-mêmes : c'est une chose de se tenir compagnie et de vivre une vie côte à côte, c'en est une autre de se contrôler réciproquement, d'exister chacun dans l'ombre de l'autre. Deux solitudes, ça ne fait pas la liberté. La seule chose qui change, c'est ça : la perception qu'on a de la prison. L'air finit par manquer quand même, et alors on cherche des lézardes, des interstices, des fissures… Même les bras d'une quelconque Sarah Hawkins suffisent parfois pour reprendre son souffle.

Il y a des phrases qui bourdonnent dans l'esprit de Gavin comme ces grosses mouches qui vous dépassent à mille kilomètres à l'heure :

— On s'est cherchés, ajoute son père en continuant à regarder ses mains. J'ai fini par me dire que c'était le destin. Moi, je t'aime vraiment. Il a fallu que les choses fassent tout ce tour absurde pour…

Elle secoue la tête, elle ne cède pas de terrain.

— On s'est utilisés.

Pour le père de Gavin, ces mots sont accablants. On dirait que la découverte de ce bout de papier l'efface de la surface de la Terre. Pourtant, il se lève, il se dirige d'un pas lourd vers la chambre. Sa femme le poursuit ; elle n'en a pas encore fini avec lui. C'est seulement alors que Gavin enlève ses écouteurs. Il laisse tomber la manette sur le canapé.

Des bruits sourds lui parviennent de l'autre pièce, comme des tiroirs ouverts et refermés avec colère. Le garçon se lève, traverse le salon, passe sous l'arche de la cuisine. Il se penche sur la table. Il y a une coupure de journal. Elle est à moitié jaunie, l'encre décolorée. Il n'a aucune idée de ce qu'il y a écrit. Au centre de l'article, il voit la photo d'une petite fille. Le seul mot qu'il reconnaît, c'est le nom, écrit en majuscules sous le cliché fané : LAURA. Comme sa mère.

*

Dehors, la lumière a changé. Gavin observe la pelouse par la fente horizontale, mais en réalité il continue à scruter le visage de la petite fille. Il lui arrive de rêver d'elle. Des cauchemars dont il se réveille en nage : tout à coup, l'image grisâtre se met à parler. Ce sont des mots incompréhensibles. Peut-être en lien avec la raison pour laquelle il se trouve maintenant là, avec tout Cody sur ses talons et une folie qui le cloue dans l'armoire des compteurs.

Depuis un moment, la faim est devenue autre chose. Il ne lui est jamais arrivé de la ressentir avec une telle intensité ; désormais, il sait ce qu'éprouvent les bêtes qui sortent des bois en hiver et s'aventurent dans les rues de la petite ville pour renverser les poubelles. Pour la soif, c'est pareil. Gavin ne réussit pas à comprendre où se termine l'une et où commence l'autre. Pourtant, il suffirait de tourner la languette métallique, de toucher le battant. Puis de se placer devant les barreaux massifs de l'école, de se mettre à hurler. Quelque part, à l'intérieur de lui-même, il est déjà en train de le faire, là, enfermé dans la petite armoire. Jusqu'à ce qu'une pensée le surprenne, c'est la seule lame de lumière, il s'y agrippe de tout son être. C'est comme renverser le monde entier.

"Voyons ce qu'ils font", se dit le garçon.

TABLE

OUVRAGE RÉALISÉ
PAR L'ATELIER GRAPHIQUE ACTES SUD
ACHEVÉ D'IMPRIMER
SUR ROTO-PAGE
EN JANVIER 2023
PAR L'IMPRIMERIE FLOCH
À MAYENNE
POUR LE COMPTE DES ÉDITIONS
ACTES SUD
LE MÉJAN
PLACE NINA-BERBEROVA
13200 ARLES

DÉPÔT LÉGAL
1re ÉDITION : MARS 2023

N° impr. : 101927
(Imprimé en France)